गीताश्री

चौबीस वर्षों तक पत्रकारिता में सक्रिय रहने के बाद, जिसमें वे *आउटलुक* पत्रिका की सहायक सम्पादक व *बिंदिया* पत्रिका की सम्पादक रहीं, गीताश्री अब साहित्य लेखन में लीन हैं। इनके अब तक पाँच कहानी-संग्रह और एक उपन्यास प्रकाशित हो चुका है। 2008-09 में उन्हें पत्रकारिता का सर्वोच्च सम्मान 'रामनाथ गोयनका बेस्ट हिन्दी जर्नलिस्ट ऑफ़ द ईयर' से सम्मानित किया गया। साहित्य में योगदान के लिए बिहार सरकार का 'बिहार गौरव सम्मान' 2015, स्त्री विमर्श के लिए 2018 में 'रमणिका गुप्ता फाउंडेशन सम्मान', 2019 में 'सृजन कुंज कथा सम्मान' और मध्य प्रदेश का 'शिवना कथा सम्मान' से आपको नवाज़ा गया।

मुज़फ़्फ़रपुर, बिहार में जन्मी गीताश्री अब दिल्ली में रहती हैं।

इनका संपर्क : geetashri31@gmail.com

लिट्टी-चोखा और अन्य कहानियाँ

गीताश्री

राजपाल

ISBN : 9789389373004

प्रथम संस्करण : 2019 © गीताश्री
LITTI CHOKHA AUR ANYA KAHANIYAN (Stories)
by Geetashree

राजपाल एण्ड सन्ज़
1590, मदरसा रोड, कश्मीरी गेट, दिल्ली–110006
फोन : 011–23869812, 23865483, 23867791
e-mail : sales@rajpalpublishing.com
www.rajpalpublishing.com
www.facebook.com/rajpalandsons

क्रम

लिट्टी-चोखा

"**म**उगी सभ के गोल में काहे घुसिआया रहता है रे...चंदुआ...बाहर निकल...ईहां एतना काम परा हुआ है, बड़का-बड़का परात, डेगची कौन धोएगा रे...तेरा ससुर..."

बाहर से रामधन की कर्कश आवाज़ आ रही थी।

"जब देखो, ससुरा, भीतरे घुस जाता है, इसके भरोसे तो हमारा हलवाई का धंधा चल गया...पता नहीं मउगी सभ में इसको एतना मन काहे लगता है..."

भोज में काम आने वाले बड़े-बड़े बर्तन ज़ोर-ज़ोर से चापाकल पर पटकते हुए वे बड़बड़ाए जा रहे थे। बड़ी-सी कोठी के पीछे टेंट घेर के हलवाइयों को जगह दे दी गई। तीन दिन से उनका डेरा यहाँ जमा हुआ था। पाँच गाँव पार करके विशेष रूप से हलवाई रामधन बुलाए गए थे। पूरे ज़िले में उनका डंका बजता था। उनका नाम था, कहते हैं, उनके हाथ में स्वाद है। साल भर उनकी हैवी बुकिंग चलती है। बाबू साहब लोगों को अतिप्रिय है। दस आदमी से ज़्यादा लोग कोठियों में जुटे तो तुरंत रामधन की खोज होने लगती है। फिर एक आदमी जीप लेकर चलता है पाँच गाँव पार। या मोबाइल पर घंटी टुनटुना देता है, रामधन मुश्किल से खाली मिलते हैं। मिल गए तो सारे रिश्तेदार खुश। बाबू रामवचन दीक्षित घर के अंदर आकर ऐलान करते, "आज से औरत सभ को चूल्हा चौकी से फुरसत...तुम लोग मौज करो, हँसी ठिठोली करो...गीत नाद गाओ...तीन दिन तक रामधन के खाने का स्वाद लीजिए आप लोग..."

लाल गमछा गर्दन में लपेटते हुए वे बाहर चले जाते। जैसे कितना बड़ा पुण्य का काम कर दिया हो।

घर की सारी औरतें, उनकी कामवालियाँ, सहायिकाएँ हर्षोल्लास से चीख पड़तीं। दीक्षित जी की ममेरी बहू के मुँह से गीत फूट पड़ता—मोरे राजा केवरिया खोल...रस के बुन्नी परे...

उनकी रिश्ते में भाभी को आलू की तरकारी याद आती, तो भतीजी रंभा को जलेबी। किसी को कचौड़ी तो किसी को उसके हाथ की रोहू मछली। तीन दिन के भोज का समापन मछली-भात से होता है। इस बार तो रामवचन बाबू सत्तर साल के हो रहे हैं, जन्मदिन का जश्न तीन दिन तक मनाया जाएगा। आस-पास के सारे रिश्तेदार जुट गए हैं। ज्यादातर रिश्तेदार मुज़फ़्फ़रपुर से आधे घंटे या एक घंटे की दूरी पर रहते हैं। मृदुल स्वभाव के दीक्षित जी की अपने रिश्तेदारों से बहुत पटती है। सबके दुख-सुख में खड़े रहते हैं, सब इनके सुख-दुख में। सबसे बना कर रखते हैं। उनका कहना है कि जब हम मरें तो दस-बीस आदमी रोने वाले तो हों...दिल्लीवालों जैसा नहीं मरना कि फ़ोन कर-कर के आदमी जुटाना पड़े।

''हम इसीलिए तो इहे रह गए...अपन लोग के बीच। कौन जाता वहाँ, जहाँ न चीन्हे कोई।''

उन पर बेटे, बेटी दोनों ने बहुत दबाव बनाया, वे टस-से-मस नहीं हुए। दिल्ली जाना, मेहमान की तरह और जल्दी भाग आना। मन उनका वहाँ रमता नहीं था। बंद डिब्बो जैसे मकान और उस पर लिफ़्ट से आना-जाना। लिफ़्ट से उनकी पत्नी को बहुत भय लगता था। वे अकेली कभी नहीं जातीं। इसी तरह की अनेक समस्याएँ थीं। कोई परिचित नहीं था, उनकी उम्र का। बेटा जिस सोसायटी में रहता था, वहाँ सारे युवा दंपति थे। छोटे-छोटे बच्चों वाले। सबको कंपनी थी, सिवाए दीक्षित जी के। अजनबी की तरह बारहवीं मंज़िल पर टंगे रहने से अच्छा था, शाम होते ही मुज़फ़्फ़रपुर में शाम की महफ़िल लगाना। उनके ठहाके में उनकी उम्र के उन तमाम बुजुर्गों की हिस्सेदारी होती, जिनके बच्चे बाहर बस गए थे, अपनी ज़िद की वजह से या किसी और कारण से ये लोग यहीं छूट गए थे या छोड़ दिए गए थे। दीक्षित जी की तरह और भी ज़िद्दी लोग थे जो अपने अंतिम समय में अपना शहर छोड़ना नहीं चाहते थे। पूरे मोहल्ले में ज्यादातर ऐसे ही बुजुर्ग भरे पड़े थे। दिन भर मिश्रा टोला मोहल्ला शांत पड़ा रहता, जैसे सारे घरों के ऊपर खामोशी की परतें चढ़ गई हों। गर्मियों में तो और खामोशी होती। शाम होते ही सारे घर बोलने लगते। चहलपहल से भर उठते। दिन भर का खामोश घर चलने-फिरने लगता था। दीक्षित जी के लंबे-चौड़े अहाते में बैठकी जमने लगती और शाम की चाय और राजनीतिक बहस का दौर शुरू हो जाता।

इस बार अपने जन्मदिन को लेकर बहुत उत्साहित थे दीक्षित जी। सारे रिश्तेदारों को बुलाया था। एक दिन पहले बेटी रम्या भी दिल्ली से पहुँच गई थी, अकेली, बिना बच्चों को लिए। बेटा-बहू को छुट्टी नहीं मिली तो न आ पाए। रम्या के आते ही दीक्षित जी समेत पूरे माहौल में रौनक आ गई थी। एक और प्राणी था, जो घर आने वाले मेहमानों को गौर से देखता और मुस्कुराता। उसका मन अपने काम में कम, औरतों के हँसी-ठट्टे में ज्यादा लगता। बीच-बीच में काम छोड़कर वह आंगन में भागता। जहाँ बड़े से तख्त पर सारी औरतें पसरी हुई थीं। अंदर बिलकुल जनाना माहौल था। खाना बनाने से एक निश्चित महिलाएँ बतकही में लगी थीं। दो तीन ग्रुप बने थे उनके। रम्या भाभियों के ग्रुप में समा गई थी। बहुत दिनों बाद उसे रिलीफ़ महसूस हो रहा था।

बहुत ज्यादा उल्लास भी थका देता है। एक तो यात्रा की थकान और ऊपर से भाभियों की छेड़छाड़, आंगन में खदेड़-खदेड़ कर थकाया गया रम्या को। बहुत दिनों बाद सबको मिली थी। शहरी नागरिकों के सभ्य व्यवहार पर ग्रामीण महिलाएँ खूब चुटकी लेती हैं। रम्या को लाज भी आ रही थी और मज़ा भी। जितना छेड़ सकती थीं भाभियाँ, वो छेड़ रही थीं। सबके साथ लंबी-चौड़ी चौकी पर लेटी हुई सारी स्त्रियाँ पैर पसार कर फैल गई थीं। आंगन में उनका साम्राज्य था। आंगन के एक कोने में ही टेंट जैसा घेरकर हलवाई खाना पका रहे थे। उधर उनकी हलचल सुनाई दे रही थी। रम्या ने देखा...एक गहरे सांवले रंग का किशोर, औरतों के गोल में घुस आया है। कामधाम छोड़ कर। बारी-बारी से सारी औरतों का पैर खींच-खींच कर अपनी गोद में रखता है और पैर दबाने लगता है, झूम-झूम कर। किसी ने कहा—

''चंदुआ, तू तो गाना बड़ा अच्छा गाता है रे...सुना ना...तुमको याद है, माधोपुर के मुखिया जी के यहाँ हम मिले थे...।''

''हाँ, मलकिनी...मिली थीं आप...सही-सही...पहचान गए, राजा बाबू भूलते नहीं किसी को...''

पैर छोड़ कर लाल गमछा ज़ोर से कसा कमर में। हाथ और तेज़ी से उनके पैरों पर चलने लगा।

जिसका पैर दबाता, वो औरत आह...ओह करती, मानो दर्द हो रहा हो या दर्द से निजात मिल रही हो...

जो भी एहसास रहा हो, उनका आनंद देखने लायक था। जिस औरत का पैर खींचता, वो अपनी साड़ी तुरंत, बेहिचक घुटनों तक खींच लेती। रम्या को थोड़ी हैरानी होती। ऐसा तो वे ब्यूटी पार्लर में ही करती थी, केबिन के अंदर। कोई लड़की होती थी, मसाज करने वाली। यहाँ तो बच्चा है, लेकिन जवानी की तरफ़ बढ़ रहा है।

चेचर वाली भाभी बोली, ''राजा बाबू पैर दबाने के लिए समूचे इलाके में फ़ेमस है। इसका हलवाई के काम में मन कम लगता है, औरतों के पाँव दबाने में ज़्यादा।''

सारी औरतें खिलखिला पड़ीं। राजा बाबू वैसे ही झूम रहे थे। पीछे से राजा बाबू की पुकार आ रही थी...

''चंदुआ रे चंदुआय...''

''ई लोग कलाकार की इज़्ज़त करना नहीं जानते। हम बहिन की सादी का कर्ज़ा उतारने के लिए ई काम कर रहे हैं, नहीं तो हम किसी बैंड में होते अभी... राजा बाबू नौटंकी के लिए पैदा हुए हैं...रोटी सेंकने के लिए नहीं...''

चंदु ने रम्या का पैर बिना उससे पूछे अपनी ओर खींच लिया।

''अरे बउआ...संकोच मत करिए, एक बार राजा बाबू से पैर दबवा लेंगी, तो ब्यूटी पार्लर भूल जाएँगी...''

''क्या हाथ है इसका...दबा रे...''

रम्या का प्लाज़ो उसने अपने आप ऊपर चढ़ा दिया और हाथ घुटनों तक ले गया। वहाँ से नीचे, फिर ऊपर...रम्या खींचती रही, कुनमुनाई...लेकिन मना नहीं कर पाई। बड़ी ताकत थी उसके हाथों में। मज़दूरी करके हाथ इस्पात में बदल गया था मानो। उसे नसों की पहचान थी। अँगूठे से नसें खोज-खोज कर दबाता जा रहा था। अब वो झूम-झूम कर गा रहा था, ''मेरा गुलाबी दुपट्टा, हमें लग जइयो नजरिया रे...''

रम्या झटके से उठ गई।

''ये गाना कहाँ से लाया रे...चंदू... ?''

''मैम जी...आप तो कम-से-कम हमको राजा बाबू कहिए...सब लोग हमको चंदुआ कहते हैं, कलाकार की कोई इज़्ज़त नहीं होती क्या... ?''

''ठीक है, ठीक है...राजा बाबू...ये बता गाना कहाँ मिला...ये बचपन में मैं गाती थी रे...इस पर हम डांस करते थे। जन्माष्टमी में मोहल्ले में हम लोग

स्टेज पर सांस्कृतिक कार्यक्रम करते थे और इस गाने पर नाचते-गाते थे। तूने कहाँ सुना...?''

रम्या नोस्टाल्जिक हो रही थी। चंदू ने फिर उसका पैर खींच कर अपनी तरफ़ कर लिया। रम्या, चंदू के साथ-साथ उस गाने को गाने लगी।

बचपन का मंच ज़िंदा हो गया था, जिस पर अकेली खड़ी रम्या, गुलाबी रंग की साड़ी को लहंगा जैसा बनाकर पहने हुए, गुलाबी दुपट्टा सिर पर रखे, एक ही जगह खड़ी होकर नाच रही है। एक पैर पटक रही है, एक पैर से खड़ी है, पंजे के बल। हाथ से नृत्य की भंगिमाएँ चल रही हैं। पैर पटकने से हिल रही है देह...

दृश्य बदलता है—

उस वेश में राधा नाच रही है...''भागा रे, भागा रे देख कान्हा भागा, माखन की मटकी फोड़ के...ओ ओ...''

खुद ही गाना है, खुद ही थिरकना है।

कान्हा आते हैं, यशोदा लेकर आती हैं, कान पकड़े हुए।

राधा की शिकायत पर गाती हैं, ''अबकि जो जाएगा, मार बहुत खाएगा, रख दूंगी हाथ-पांव तोड़ के...ए ए...''

फिर राधा गाती है, ''भागा रे भागा रे...''

कान्हा राधा को मुँह चिढ़ाता है, उसकी मटकी छीन कर भाग जाता है... राधा पीछे-पीछे, दुपट्टा और लहंगा संभालती हुई भागती है।

मोहल्ले के दर्शक तालियाँ बजाते हैं। परदा गिर जाता है। रम्या की स्मृतियों पर भी मोटा परदा गिर गया था। चंदू ने उठा दिया था।

चंदू ने कोई नस ज़ोर से दबा दी, रम्या चिंहुक पड़ी।

''कहाँ खो गई मलकिनी...?''

''ई गाना तू कहाँ से सुना रे...ई तो इस ज़िले में कोई नहीं जानता...बहुत छोटे-से कस्बे में थे हम लोग, जहाँ इस गाने को सब जानते थे। तू कैसे...सच बता...''

रम्या को हैरानी हो रही थी। कुचाई कोट जैसा कस्बा छोड़े उसे ज़माने हुए। बचपन के दिन वहाँ गुज़रे थे। जब से मुज़फ़्फ़रपुर आई, लौट कर न गई। बचपन के सारे संगी-साथी वहीं छूट गए। कुछ चेहरे धुंधले हो गए थे। जैसे ब्लैक एंड व्हाइट तस्वीरें एक समय के बाद फ़ेडेड हो जाती हैं। तरह-तरह की चित्तियाँ तस्वीरों पर उभर आती हैं। स्मृतियों को न माँजो तो चित्तियाँ उभर आती

हैं। स्मृतियों से चेहरे गायब थे, उनकी यादें रह-रह कर आती थीं। हूक-सी उठती तो वह अपनी बोली बज्जिका छोड़ कर भोजपुरी भाषा बोलने लगती। घर के सारे लोग भोजपुरी भाषा भूल गए थे, रम्या नहीं भूली। नानी घर कहाँ भूलता है भला। सातवीं कक्षा तक वहीं पढ़ी, फिर मुज़फ़्फ़रपुर ले आया गया, कितना छटपटाई थी। चंदू के गाने ने फिर से उसके भीतर वही छटपटाहट भर दी।

वह जानने के लिए बेचैन थी कि चंदू कहाँ से लाया ये गाना। गाने का मुखड़ा भर उसे याद था। अंतरा कब की भुला चुकी थी। वह गाने को रिकॉर्ड करना चाहती थी। मोबाइल निकाल लिया। इस अवसर को गंवाना नहीं चाहती थी। कोई दुर्लभ चीज़ हाथ लगी थी।

उसके मुँह से निकला, ''कवन था रे वो आदमी... ?''

चंदू ने खुलासा किया, आहिस्ते से, रम्या के कान में...वह उसके कंधे दबाने लगा था।

''हम रोज़ रात दस बजिया ट्रेन पकड़ते हैं, एसी में सोते हैं, चादर बिछा कर, बरौनी तक पहुँच जाते हैं, फिर ओने से दोसर ट्रेन पकड़ के मुज़फ़्फ़रपुर वापस, चाहे जो स्टेशन नज़दीक पड़े...रास्ते में पड़े...ट्रेन भी बदलते हैं...टीटी सबसे दोस्ती हो गिया है...अटैंडेंट सब मानता है...हमको सोने देता है...हमारी रात ऐसे कटती है मलकिनी...''

''एक रात मिले थे, यात्री थे, नाम कुछ बताए थे, उनका घर गोपालगंज था, वही गा रहे थे—धीरे-धीरे...सुर में...हमको अच्छा लगा। हम उनसे बात किए, सारा गाना सुने और याद कर लिए...बहुत सुंदर गाना है मलकिनी...आप जानती हैं गाना...''

''नाम क्या बताया था...''

''अपने को कन्हैया बता रहे थे...बोले, पुकार का नाम कान्हा है...''

''फिर मिले तुम्हें वो... ?''

''नहीं...हम खोजते रहे...गुवाहाटी जा रहे थे, उधरे कहीं बस गए हैं...खूब बतियाए...''

''गाने के बारे में बताए थे कुछ... ? ई तो लड़की वाला गाना है, मर्द होके काहे गा रहे थे...''

''बोले...बहुत सुरीला है...बचपन की यादें जुड़ी हैं इससे...कभी नहीं भूले...जब भी एकांत में होते हैं तो गाते हैं...''

''और कुछ नहीं बोले... ?'' रम्या की आवाज़ डूबने लगी थी।

''बोले तो बहुत कुछ...बोले थे...मेरी सखि गाती थी, बिछड़ गई...हम कान्हा बनते थे, वो राधा...अक्सर गाता हूँ, शायद वो आस-पास हो तो सुन ले...शक्ल से हम लोग एक-दूसरे को पहचान ही नहीं पाएँगे...है ना...चेहरा बदल जाता है...''

रम्या तकिया पर टेक लगाकर उल्टा लेट गई। चंदू को रामधन ने चीख कर पुकारा था। वो कंधा छोड़कर भागा।

जन्मदिन की रात स्पेशल खाना बना था। रम्या की फ़रमाइश थी, लिट्टी मटन। रिश्तेदारों ने लिट्टी का नाम सुन कर थोड़ा मुँह बिचकाया था। उनके लिए लिट्टी कोई बड़ा पकवान नहीं थी। रम्या के लिए लिट्टी बड़ी चीज़ थी। दिल्ली में ओवन में पकाती है, उसके सिवा कोई नहीं खाता है। कभी-कभी उसका बिहारी कुलीग अपनी छत पर लिट्टी मटन का आयोजन करता था। साल में एक बार, बारिश के मौसम में। जब मानसून जमकर बरसता तो प्रवीण अपनी छत पर मजमा लगाता था। सारे बिहारी-गैर बिहारी लिट्टी-चोखा और मटन खाने जुटते थे। रम्या को साल भर इस पार्टी का इंतज़ार रहता। असली लिट्टी बनाने के लिए आदमी भी प्रवीण कहीं से ढूँढ कर लाता था। इस बार रम्या ने सोचा था, 'पापा से कहकर लिट्टी मटन का ही भोज करवाएगी।' रोज़ पनीर, कोफ़्ता, छोले, खा-खा के ऊब गई थी। देसी खाना, बिलकुल ओरिजिनल स्वाद चाहती थी। गोइठा में पका हुआ, घी में डुबा कर खाने का स्वाद लेना चाहती थी। दीक्षित जी समझ गए थे कि रिश्तेदारों को मटन तो पसंद आएगा, लिट्टी में उनकी रुचि नहीं होगी। सो उनके लिए पूरियाँ चलवा दी गई थीं। लिट्टी खाने वाले कम लोग बचे थे। रामधन हलवाई ने इस काम पर चंदू को लगा दिया था। एक कोने में गोइठा की आग सुलग रही थी। चंदू दनादन लिट्टी उसमें घुसाता जाता, उन्हें कुरेदता, फिर ढँक देता। पलथी मार कर बैठ गया था। अप्रैल की प्रंचड गर्मी शुरू हो चुकी थी। आग की धौंक से उसका सांवला रंग दहक रहा था। लेकिन अकेले उसने ये मोर्चा संभाल रखा था। बड़े-से कटोरे में पिघला हुआ घी रखा था। लिट्टियों को आग से निकालकर लाल गम्छे में लपेटा और दोनों हाथ से हिलाना शुरू। राख की सफ़ाई कर रहा था। रम्या दो-तीन बार उधर से गुज़री। तब भी चंदू चुप नहीं था। लगातार या तो गाना गाता या गाँव के किस्से सुनाता। कैसे एक बार झगड़े में इसी लिट्टी से उसने कई लड़कों के सिर फोड़ दिए थे। एक बार

किसी ने उसकी बहन को छेड़ दिया था, तो चोखा उसके नाक मुँह में ठूँस दिया था। चटनी उसकी आँख में फेंक दी थी। मतलब समय पड़ने पर लिट्टी हिंसक हथियार में बदल सकती थी।

फिर बोला, ''हम जो लिट्टी बनाते हैं ना मलकिनी, बहुत मुलायम होता है, लकड़ी पर बनाइएगा, तेज़ आंच पर तो कड़ा हो जाएगा। कड़ा लिट्टी तो कपार फोड़िए न देगा। ई लिट्टी खा कर देखिएगा...राजा बाबू को याद करिएगा। फिर कहिएगा...राजा बाबू जइसन लिट्टी के बनाई...''

चंदू ऊर्फ राजा बाबू लगातार बोलता रह सकता है। मुँह बंद नहीं होता उसका। या तो गाएगा, या बोलेगा। बोलते या गाते हुए सिर बहुत झटकता है। खास अंदाज़ में। सांवला रंग है मगर चेहरे पर पानी बहुत है। जाने किस ताप में जलता है लड़का। किसी और दुनिया की खोज है इसको। इसका स्वप्न कुछ और है। वो जो कर रहा है, जो जी रहा है, वो नहीं है इसका स्वप्न। न ही उसका लक्ष्य। जो नहीं है, उसे उसकी तलाश है। जितनी गति है इसकी बातों में, काम में, अंदाज़ में, शायद सपने तक पहुँच जाए। क्या पता। क्या उसे अंदाज़ा है कि उसके सपनों का रास्ता स्त्रियों के आस-पास से गुज़रता है। रम्या समझ नहीं पाई कि इसका मन क्यों रमता है, स्त्रियों के हरम में। सब ''राजा बाबू, राजा बाबू'' कहती नहीं थकतीं। सब ढूँढ़ती हैं इसको। जितना इसको ढूँढ़ती थीं, इसके लिए उतने दुश्मन पैदा कर देती थीं। वह भी सब काम छोड़ कर उनके पैरों को थाम लेता था और शुरू हो जाता था—बोलना या गाना। जाने कोई स्त्री इसके गाने ध्यान से सुनती थी या नहीं। उसे लगता था—सब उसके साथ कितना घुलमिल गए हैं। वह सारे सेवकों में सबसे विशिष्ट है। सबके घुटने तक पहुँच गया है।

रम्या ने पूछा था, ''तू मर्दों का पैर क्यों नहीं दबाता राजा बाबू...?''

''बहुत भारी होता है उनका पैर मलकिनी...वो लोग चाहते हैं, पूरा देह दबाओ...फिर कहेंगे, तेल मालिश करो...छोड़ते ही नहीं हैं, पैसा भी कम देते हैं...मलकिनी लोग बहुत मानती हैं हमको...ई जिंस हमको चेचर वाली मलकिनी दी हैं, सब कुछ मलकिनी लोग देती हैं...''

रम्या ने भी तय कर लिया कि इसको चलते वक्त मोटा इनाम देगी और साथ में एक बड़ा काम सौंपेगी। राजा ही कर सकता है ठीक से। एक सिरा जो बचपन में छूट गया था, उसे राजा ही तो लाया है, अनजाने में ढूँढ़कर। शायद यही जोड़ दे, क्या पता। रमता जोगी, बहता पानी है राजा...ट्रेन ही इसका बेडरूम है,

यात्री इसके परिवारवाले। ढूँढ़ लाएगा एक दिन जिसे मैंने खो दिया था।

जब जीप में उसका सामान लादा जा रहा था, हमेशा के लिए, तब सारे दोस्त आए थे छोड़ने। कान्हा गमछा लपेटे खड़ा था। खेत से कुछ खिच्चा (कच्चे) खीरे तोड़ कर लाया था। वो जानता था कि रम्या को खिच्चा खीरा बहुत पसंद है। स्कूल जाते समय खेतों में दौड़ जाती थी। कान्हा हँसता था। तोड़ता वही था। बिना धोए, फ़्रॉक से पोंछ कर सारा खा जाती। कच्च-कच्च...

कान्हा बोलता, ''बनच्चर कहीं की।''

वह मारने दौड़ती, ''पेटक्कर (पेटू) कहीं का...खुद इतना भकोसता है...।''

''लिट्टी टेस्ट करिए मलकिनी...नहीं तो हम बहुत बड़े पेटक्कर हैं, भकोस जाएँगे सब...''

राजा बाबू हाथ में लिट्टी का कटोरा लिए सामने आकर खड़ा हो गया था। देसी घी का भभका उठ रहा था। घी की ऐसी महक कब सूँघी थी। दिल्ली के डिब्बा बंद घी में तो कभी नहीं आई ऐसी खुशबू। चाहे किसी ब्रांड का ले लो। घर में बनाया, तब भी नहीं। यहाँ ब्राउन रंग का घी देखा, वो खुशबूदार है। अपने ही इलाके के ऐसे घी से वह नावाकिफ़ थी। कितना कट गई है, सब चीज़ों से। अपने ही घर को, रिवाजों को, देस को, लोगों को अचरज से देखने लगी है।

राजा बाबू बाट देख रहा है कि मलकिनी लिट्टी खाएँ और वाहवाही करें। पसीने से तर-बतर है मगर दमक रहा है। किसी भी पल गाना गाने को तैयार दीख रहा है।

''आज तो बहुत रात हो गई राजा बाबू, तुम्हारा बेडरूम तो पटरी पर दौड़ रहा होगा, निकल न गया हो कहीं...आज तो न जा पाओगे...कहाँ रहोगे ?''

''रतिया, कहवां बितउली हो रामा...रामा हो रामा...आइल चैत उत्पतिया हो रामा...''

चैती गा रहा था शायद। चैत शब्द सुनकर अनुमान लगाया।

वो गाने लगा।

''सारी रात बेडरूम पटरी पर दौड़ता है मलकिनी...जाएँगे, देर से, आप सबको खिला-पिला के...चाहे भोर हो जाए, नींद तो वहीं आती है। यहाँ का काम खत्म हो तो पैसा लेकर कर्ज चुकाने जाएँगे। इसके बाद हम हलवाई का काम नहीं करेंगे मलकिनी, मेरा कलाकार मर जाएगा...आप मेरा गाना सुनी हैं ना, खराब गाते हैं हम...बताइए... ?''

रम्या के मन में तो एक गाना बसा था, उसके बारे में और बात करना चाहती थी, एकांत की तलाश थी। सोचा, 'उत्सव की रात निकल जाए, चलने से पहले बात करेगी। राजा बाबू शायद मददगार साबित हो।'

"राजा...कुछ खिच्चा खीरा ढूँढ़ कर ले आ...सलाद के लिए आया होगा ना..."

कान में किसी ने कहा, "बनच्चर कहीं की..."

रम्या लिट्टी खाते-खाते हँस पड़ी। हँसी के साथ सत्तू मुँह से झरने लगा।

सारे मेहमान विदा हो रहे थे। रम्या भी पटना जा रही थी। वहाँ से फ़्लाइट लेकर दिल्ली पहुँचना था। चलते समय उसने चंदू को पुकारा—

"राजा बाबू..."

चंदू कहीं नज़र नहीं आया था उस सुबह। रम्या ने रामधन को बुलाया। वह जाने से पहले राजा से कुछ बात करना चाहती थी। रामधन तो चंदू का नाम सुनते ही बिफ़र गया।

"नाम मत लीजिए उसका...हमने तो कल रात ही उसको भगा दिया। साला मउगा है एक नंबर का। काम में कम, मउगी सभ का पैर दबाने में जादा मन लगता था उसका। दया करके रख लिए थे, हमको भी आदमी जन का काम पड़ता है। सोचे थे, हेल्प करेगा, लेकिन नालायक निकला...खाली ईहें नहीं, जिस गाँव जाता है, यही काम करता है। औरत लोग भी इसको खोजती रहती हैं...बक-बक करके सबका मन लगाता है, मन लग्गू ही है छौरा, बाकी किसी काम का नहीं...कलाकार बनेगा...सपना देखिए...केतना बड़ा-बड़ा देखता है..."

रम्या को लगा, उसका बचपन एक बार फिर से फिसल गया हाथों से।

"कहाँ भगा दिया, कहाँ गया होगा.. ?"

"रात में तो किसी ट्रेन में सोया होगा, भोरे का नहीं बता सकते हम, होगा कहीं...उसको लाज-शरम थोड़े है, कहीं काम कर लेगा...छौरा है मस्त बउआ जी...एक्के गो खूबी है उसका, गाता है, झूमता है, मस्त रहता है..."

रम्या का उतरा हुआ मुँह देखकर रामधन को चिंता हुई।

"बउआ, कोनो चीज़ चुरा कर भागा है क्या, बोलिए तो किसी को दौड़ावें, उसको खोजने के लिए...औरतों के गोल में रहता था, औरत लोग भी उसको सहका (उकसावा) दी थीं, तभी से हमको शक हो रहा था कि कुछ बड़ा हाथ मारेगा...बताइए...सहकल, बहकल (मूर्ख-बेवकूफ़) लड़का को हम

न रखेंगे अपने साथ...बदनामी करा देगा मेरा...रामधन के पास धन नहीं है, बस इज़्ज़त है, नाम है...''

''नहीं, रामधन, ऐसा मत सोचो। गरीब बच्चा है, चोर नहीं। कुछ नहीं चुराया उसने। उसने सबकी सेवा की। बदले में किसी से एक रुपया नहीं लिया है। सब लोग जाते समय उसी को ढूँढ़ रहे। सब उसको पैसे देना चाह रहे। मुझे भी देना था। बिना लिए, बिना मिले चला गया। क्यों भगा दिए, आज भर तो रोकते उसको।''

रम्या को गुस्सा आ गया था।

रामधन भौंचक होकर रम्या का मुँह देखता रह गया। रम्या जानती थी कि घर में कुछ भी खो जाए, सबसे पहला शक इन्हीं सेवकों पर करते हैं लोग। चोरी करें या न करें, सबसे पहले पिटाई कर देते हैं, पुलिस के हवाले भी कर देते हैं। कोई नहीं सुनता उनकी। इमान कभी हैसियत देखकर नहीं बनता। गरीब हो या अमीर, इमान तो किसी का, कभी भी डोल सकता है। रम्या ने गाँव घर में शादी के माहौल में घरेलू औरतों को ही आपस में गहने, लिपिस्टिक सब चुराते देखा है। भीड़-भाड़ में सब अपने लिए सुरक्षित कोना ढूँढ़ते हैं जहाँ अपना कीमती सामान रख सकें। राजा बाबू कहाँ वहाँ तक पहुँच सकता था।

वह औरतों के पैर ही दबाता रह गया, उन पैरों पर निसार होकर गाता रह गया। जाने किधर चला गया। दूसरी बार कोई उसके अरमानों की मटकी फोड़ कर भागा है।

पहला वो कान्हा...नहीं, वो कहाँ भागा था। भागी तो राधा थी। कान्हा तो वहीं छूट गया था। अब जो मिला है, देर हो चुकी। मिला तो सही। गुस्से पर काबू पाकर थोड़ी नरम हुई।

''एक काम कर दोगे... ? राजा बाबू कभी मिले, तो उसको मेरा कार्ड दे देना। बोलना फ़ोन करे। उसके लायक दिल्ली में कोई काम देखूँगी...''

''और ये कुछ रुपये...''

रम्या ने पर्स से कार्ड और पाँच सौ रुपये निकाले और रामधन को थमा दिए।

''हाँ, बउआ, आएगा तो ज़रूर, अपना हिसाब करने, हम दे देंगे...पक्का से...हमारे लायक दिल्ली में देखिएगा, कैटरिंग का धंधा कर लेंगे वहाँ, खाना तो आप स्वाद ली हैं, जब कहिएगा, आ जाएँगे। चंदुआ को...नहीं-नहीं, राजा बाबू को खोजवाते हैं...जल्दी-से-जल्दी...''

रम्या को उम्मीद थी कि रामधन अपने लालच में राजा बाबू को ढूँढ़ेगा जी जान लगा कर। बात भी करवाएगा।

राजा बाबू का फ़ोन आए तो रम्या बोलेगी...

‘‘उस यात्री का पता ले आना राजा बाबू...तब तक तेरा ये वीडियो मैं यू ट्यूब पर डालती हूँ...देखते हैं, कहाँ तक पहुँचता है। वायरल तो बना ही दूँगी। तुम ट्रेन में ढूँढो, मैं अंतरजाल में...।’’

नजरा गईली गुईयां

प्मपम बाबू सर्दी के भोरे-भोरे औंघाते हुए, ऊबासी लेते हुए, पतली ऊनी चादर देह से लपेटते हुए बरामदे में चले आ रहे थे। कोई उनके नाम का हाँक दे रहा था। कौन हो सकता है जो उन्हें पूरे नाम से पुकारे...यह सधी हुई पुकार थी, देसी नहीं।

''पमपम तिवारी...पमपम तिवारी जी...''

घर में कोई और हो, तो ना हाँक सुनकर बाहर जाए। अकेली जान और उनकी देख-रेख करने वाला टुअर (निरीह) ललुआ। जाने कौन जन्म का संबंध निबाह रहा है। आया तो था, शागिर्द बनने, सेवक बनकर रह गया। न वे सिखा सके, न वो सीख सका। उनके बेटे-बहू छोड़ कर चले गए, पिता के पेशे से बैर जो ठहरा। ललुआ न जा सका। उनका हमदम, हमराज़ और बचे-खुचे खपरैल मकान का मालिक। खेतों में कमाता और दोनों का खर्च चलाता। मस्त रहता और पमपम बाबू से पुराने दिनों के किस्से सुनता। यही उसका एकमात्र मनोरंजन का साधन था।

अजनबी हाँक सुनकर पमपम बाबू बाहर निकले। ललुआ पोखरी की तरफ़ निकल गया होगा। बहुत दिनों से किसी ने पूरा नाम लेकर नहीं पुकारा था। अपने टोले में पमपम बाबू के नाम से जाने जाते थे।

''अवइछी...अवइत हती...'' सुर में गाते हुए वे बाहर आए। आँखें मींचते हुए एक अनजान युवक पर नज़र पड़ी।

''इस देस का तो नहीं लग रहा प्राणी...'' उनींदी आँखें फक से खुल गईं।

''आप ही हैं ना, पमपम बाबू, इस इलाके के सबसे मशहूर हँकपड़वा। मैं मुज़फ़्फ़रपुर से आया हूँ, आपको मेरे साथ चलना है, वहाँ आपकी कला की हमें ज़रूरत है। आपकी जो डिमांड हो, बता दीजिए...''

सामने खड़े युवक को पमपम बाबू ने अजीब नज़रों से घूरा। ललुआ हाथ

में बांस का दतुअन और लोटा भर पानी लेकर खड़ा हो गया था।

''कौन भेजा आपको यहाँ?'' वो बताया नहीं कि हम ये काम छोड़ दिए हैं, और किसी को ज़रूरत भी नहीं हमारी, हमारा बुढ़ापा आ गया है, हमसे नहीं होता है ये सब, हम नहीं जाएँगे कहीं, माफ़ करिए।''

दोनों हाथ जोड़ कर वे पलट गए थे। गले में रेत-सा फँसता हुआ महसूस हुआ।

''आखिरी बार चलिए...आपके बिना संभव नहीं। कल ही तेरहवीं है, और कल ही आपकी ज़रूरत है।''

''ललुआ बोल दे उनको, हम नहीं करते ये काम...''

''मालिक नहीं जाएँगे, आप लौट जाइए...कैसे पता चला आपको...कौन भेजा...ईहां तो किसी को पता नहीं कि हमारा पुश्तैनी धंधा क्या था?''

ललुआ हैरान हुआ।

युवक ने अपनी जेब से एक पर्ची निकाली और ललुआ को बोला, ''अपने मालिक को पढ़वा दीजिए।''

ललुआ ने हैरान होते हुए पर्ची ली खुद तो पढ़ न सका। पढ़ता कैसे, एलएलपीपी यानी लिख लोढ़ा पढ़ पत्थर जो था। सीधे पमपम बाबू के आगे जाकर पर्ची थमा दी।

पर्ची पढ़ते ही उनके चेहरे का रंग उड़ गया। गोरा चेहरा तपने लगा था। चेहरे की झुर्रियाँ काँपने लगी थीं। वे मुट्ठी में उस कागज़ को दबाए-दबाए आँगन की तरफ़ चले गए। ललुआ ने नोटिस किया, पैरों में जान नहीं बची थी। चलते हुए लहरा रहे थे। अपने आपे में नहीं थे। बाहर खड़ा युवक प्लास्टिक वाली कुर्सी खींचकर इत्मीनान से बैठ गया था। उसे उम्मीद थी कि यहाँ से वह विफल होकर नहीं लौटेगा।

फ़रवरी का पहला सप्ताह था, जिसमें ठंडक अभी तक टिकी हुई थी। रिया को दिन भर नामालूम-सी बेचैनियाँ रहीं, शाम को भतीजे ने आईसीयू से एक 50 सैकेंड का वीडियो क्लिप भेजा। गहन चिकित्सा कक्ष में माँ अंतिम साँसें ले रही थीं। पटना जाने वाली फ़्लाइट सुबह ही मिलती। सबसे पहली फ़्लाइट बुक की। अंतिम समय में माँ के पास होना चाहती थी। एयरपोर्ट पर बैठे-बैठे बार-बार वीडियो क्लिप देखती और रोती जाती। किसी तरह माँ से एक बार जीते जी मिल ले। डेढ़ घंटे बाद जब पटना एयरपोर्ट पर उतरी तो कहानी बदल

चुकी थी। अनगिनत फ़ोन कॉल्स और मैसेज से मोबाइल भरा हुआ था।

'माँ नहीं रही...'

पिता के जाने के बाद माँ ही उसका घर थीं। सबसे छोटी और इकलौती बेटी होने के नाते माँ का उस पर खासा दुलार था। माँ अपने हर फ़ैसले के लिए रिया पर निर्भर थीं। रिया को लेकर बदनाम थीं कि उससे पूछे बिना कोई काम नहीं करतीं। न ही अपनी चीज़ों को किसी को हाथ लगाने देतीं। बहुत गोपनीयता बरतने वाली स्त्री थीं माँ। हर चीज़ सहेज कर, सँभाल कर, सबकी पहुँच से दूर रखतीं। रिया ने कभी उन चीज़ों में दिलचस्पी नहीं ली। माँ का सिरहाना तो पूरा बक्से जैसा था। सारी चीज़ें रखतीं, कागज़-पत्र, चाबियाँ, बीड़ी, माचिस जाने क्या-क्या...। शहर में रहने के बावजूद माँ की आदतें नहीं बदली थीं। उनके आँचल में रुपये, सिक्के ज़रूर बँधे मिलते। रिया उन्हें खोलती और मज़े-मज़े में वे पैसे लूट लेती। रिया के अलावा कोई और नहीं कर सकता था ऐसा। वे पूरे परिवार से एक दूरी बनाकर जीती थीं। उन तक पहुँचने का उचित माध्यम रिया थी। मुज़फ़्फ़रपुर से कोसों दूर, अपनी एकल ज़िन्दगी में मस्त। दोनों भाइयों के सामंती रवैये से तंग आकर विद्रोही बन जाने वाली रिया ने सिर्फ़ माँ से बातचीत रखी और भाइयों से बोलचाल बंद। भाभियाँ कभी-कभार मुस्कुरा देतीं। रिया बदले में आत्मीय मुस्कान दे देती, ये जानते हुए कि गुलाम आत्माओं का कोई कसूर नहीं होता। पराधीनता में सिर्फ़ मुस्कुरा पड़ना ही सबसे आसान क्रिया है। माँ ने भी कभी दबाव नहीं डाला। वे सुख-चैन चाहती थीं। रिया को पूरा समर्थन देती थीं और दोनों बेटों के परिवार से अलग घर की ऊपरी मंज़िल पर रहती थीं। पिता के जाने के बाद माँ ने पहली मंज़िल पर अपना ठिकाना बना लिया था। जिसे मिलना हो, कुछ चाहिए, वो आए ऊपर। गठिया की वजह से बिस्तर पकड़ चुकी थीं। देख-रेख के लिए गुलिया चौबीसों घंटे उनके पास रहती थी। रिया एकदम निश्चिंत थी माँ की तरफ़ से। माँ भी निश्चिंत थीं बेटी के फ़ैसले से। रिया पर पूरा भरोसा था और ये भी इत्मीनान था कि अपनी ज़िन्दगी के फ़ैसले बेहतर करेगी। चाहे शादी करे न करे, वो शादी थोपे जाने के खिलाफ़ थीं। रिया से फ़ोन पर पूछती रहती थीं, ''कोई पसंद आया...तेरी इज़्ज़त करेगा ना, साथ देगा ना...तुझ पर शासन तो नहीं करेगा..? देख लेना..ठोक-बजा कर...पहले कागज़ पर लिखवा लेना...''

''अरे माँ...ऐसे कहीं प्यार होता है, जिसमें कंडीशन अप्लाई हो...

बोलो...अभी मेरा मन नहीं...क्या उम्र मेरी, 36 साल की तो हूँ...हो जाएगी... होनी होगी तो...ना हो तो भी हम कौन-सा मरे जा रहे...अकेली लाइफ़ ज़्यादा मस्त...न कोई रोकने वाला, न टोकने वाला...जब जहाँ मन हो, उठ कर चल देती हूँ...किसी को जवाब नहीं देना पड़ता, माँ...यहाँ कोई मेरी ज़िन्दगी में नहीं झाँकता...

''अच्छा माँ, एक बात बताओ...तुम भी टिपिकल मदर की तरह मेरी शादी का सपना देखती हो क्या... ?'' रिया माँ को कुरेदती।

''भक्क...हम ऐसा सपना देखते तो तुम आज वहाँ से हमसे मज़ाक कर रही होतीं का...दो-तीन बच्चा-खच्चा लेकर किचकिचा रही होतीं...हम वैसी माँ नहीं, हम तो तुमको पैर पर खड़ा होते देखने का सपना देखते रहे, खुदमुख़्तार बनने का सपना...मेरी तरह नहीं बनाना चाहती थी कि दिन भर टेटियाती रहो— ''ऐ जी...सुनते हैं, हमको सौ रुपया दीजिए...हमको चूड़ी खरीदना है...''

माँ एक्टिंग करतीं, आवाज़ बदल लेतीं...और फिर दोनों माँ-बेटी फ़ोन पर हँसती रहतीं देर तक। माँ का यही अगाध विश्वास उसकी पूँजी था जिसके सहारे वह भाइयों का बंधन काट कर दिल्ली पहुँच गई थी। जहाँ अपनी दुनिया का विस्तार कर रही थी और अपना समाज बना रही थी।

माँ के नहीं रहने की खबर ने उसे बुरी तरह झकझोर दिया था। वह सचमुच तन्हा हो गई थी। घर के बाहर भारी भीड़, रिश्तेदारों का खोखला विलाप और माँ की ठंडी देह ने उसे भीतर से तोड़ दिया। भाभियों ने उसे सँभाला। नहीं तो माँ की देह पर भरभरा कर गिर गई होती। इस शहर से नाता हमेशा के लिए टूट गया था। एक कड़ी थी माँ, जो टूट गई। तेरह दिन बाद सदा के लिए इस शहर को अलविदा कह देना है। मुड़ कर न देखना है। माँ को लोग मंज़िल की तरफ़ ले गए थे। द्वार पर सन्नाटा छा गया था।

माँ के बेड पर जाकर गिर पड़ी। बाँहों में चादर भींज कर लोटती रही देर तक। भाभियों से पूछती रही, ''माँ ने कुछ कहा क्या...अंतिम समय क्या बोलीं...मेरे लिए कुछ कहा...मेरा नाम लिया...कैसे हुआ।''

बड़ी भाभी चुपचाप उठकर चली गई। छोटी भाभी ने हौले से कहा, ''उन्होंने मौका ही कहाँ दिया, ब्रेन हेमरेज हुआ तो जल्दी होस्पीटलाइज़ कराना पड़ा। सब लोग उसी में लग गए, कोई उनसे बात नहीं कर सका, वो कुछ कहना चाहती थीं, मगर आईसीयू में बात नहीं करने देता है ना, उनके एटीएम

का पासवर्ड तक न पूछ पाए, अभी कामकाज में पैसा लगेगा, निकालना पड़ेगा, किसी को कुछ बताती थोड़े थीं।''

भाभी के लहज़े में उदासी कम, शिकायत ज्यादा थी।

''माँ जी आपसे तो ज्यादा बात करती थीं, आपको पता होगा? आपसे बताई होंगी अपनी इच्छा।''

भाभी के स्वर में उलाहना था। रिया चुपचाप सुबकती रही। माँ के तकिया पर सिर रखकर सो गई। भाभी कब उठ कर चली गई, पता न चला। देर रात सब मंज़िल से लौटे, घर में विधि-विधान होता रहा, रिया को किसी ने नहीं जगाया। गुलिया पलंग के नीचे सो गई थी।

सुबह कुछ बदली हुई थी। भाइयों के चेहरे पर अवसाद की जगह थकान की छाया थी। भाभियाँ काम करके हलकान हो गई थीं और बड़ी भाभी का बड़बड़ाना शुरू था। गाँव के कुछ रिश्तेदार डेरा डाल चुके थे। कुछ तो तेरह दिन तक हिलने वाले नहीं थे। छोटा भाई कर्ता बना था, इसलिए वह एक कमरे में शांत पड़ा था। बड़े भइया बहुत एक्टिव थे। सारा उन्हें सँभालना था। रिया से दोनों भाइयों का अबोला-सा था।

द्वार पर सब बैठे थे, रिया को बड़ी भाभी ने ही टोका—

''आप माँ के पैसों के बारे में जानती हैं। ज़मीन का कागज़-पत्तर कहाँ रखा है, ये भी हम लोगों को नहीं मालूम, आपको तो ज़रूर बताई होंगी...''

''पैसा निकालना है, आज से तेरह दिन काम ही काम, दो दिन का भोज होगा और माँगने वाले भी आएँगे...दान भी करना पड़ेगा...खर्चा तो बहुत होगा... बजट बनाना होगा...पहले पैसे का पता चले, फिर उसी हिसाब से तय होगा।''

बड़े भैया की आवाज़ में गहरी चिंता थी। दुख का साया कहीं नहीं दिखा। रिया को सारा माजरा समझ में आ गया था। उसका मन हुआ, तेरह दिन न रुके, माँ तो चली गई, तेरह दिन की क्रिया बेमानी है, इसे क्यों करना, भोज भी न हो।

उसने अपनी इच्छा ज़ाहिर कर दी। सुनते ही घर में बम फटा। बड़े भैया ज़ोर से चिल्लाये, ''हमारी समाज में कोई इज़्ज़त है कि नहीं, हम कंगले हैं क्या? हम जो दूसरों का भोज खाते रहते हैं, हम उनको क्या कहेंगे, समाज को क्या मुँह दिखाएँगे। हम जो इतना चुमावन (रुपये) दिए हैं शहर भर में, उसको वसूलने का समय अब आया है, हम कैसे छोड़ दें। तुमको तो दिल्ली चले जाना है। हम लोगों को इसी समाज में रहना है। जिसको जाना हो जाए, हम लोग कर

लेंगे सब काम। कल ही बैंक से बात करेंगे। बाबू जी का पेंशन माँ के अकाउंट में जमा होता था, चार-पाँच लाख होगा उसमें। इतना खर्च तो होगा ही।''

रिया उठी और चुपचाप पहली मंज़िल पर माँ के कमरे में चली गई। भाई के फट पड़ने के बाद उनका संकेत समझ गई थी कि वे नहीं चाहते थे रिया यहाँ रुके या कोई दखल दे। माँ का पैसा किसी तरह रिया उन्हें सौंप दे। बड़ी भाभी सिरहाने आकर खड़ी हो गई थीं।

''माँ का बक्सा काहे नहीं चेक करती हैं? रूम में ही रखा होगा ना कहीं, आराम से ढूँढ़िए, मिल जाएगा। वैसे भी माँ का रूम, आप ही चेक करिए, हम लोग नहीं छुएँगे कुछ, कलंक लग जाएगा।''

रिया ने गीली आँखों से भाभी को घूरा। घरेलू काम में घिसी हुई, उनींदी वह एक लाचार औरत थी जो घर के मालिक का हुकुम बजा रही थी।

वह लेटी रही, सुबकती रही। दिल्ली वापसी का प्लान करती रही।

ज़ोर से प्यास की तलब महसूस हुई। गुलिया चौखट पर बैठी थी। वह बड़बड़ा रही थी, ''अब हम गाँव लौट जाएँगे, इन लोगों के साथ नहीं रहेंगे।''

रिया ने गुलिया को पुकारा।

''दीदी...सिरहाने में देखो...एटीएम कार्ड वहीं रखा होगा...दे दो उनको। आप मत रुकिए। तेरह दिन में आपकी तेरह किसिम की दुर्गति कर देंगे। आप मुक्ति पाओ, सब दे दो इनको।''

''तुमको माँ कुछ बताई थीं। तुम रात-दिन साथ रहती थीं ना...क्या बोलती थीं...?''

रिया का दर्द सुनकर गुलिया का कलेजा काँप उठा था।

''हमको क्या बोलेंगी मलकिनी, आपके बारे में बहुत बात करती थीं। मरने के बारे में कभी बात करती नहीं थीं। एतना ज़रूर बोलती थीं कि अपने नाम की ज़मीन बेटों को नहीं देंगी, दादा की संपत्ति में लें हिस्सा, अपने नाम का नहीं देंगी ऐसा बोलती थीं जब कभी गुस्सा होती थीं। आपको लेकर दोनों भइया मलकिनी को बहुत कोसते थे। कहते थे कि आपके बाद उसको यहाँ टपने नहीं देंगे।''

रिया को सुनकर हैरानी नहीं हुई। माँ का स्वभाव जानती थी। ज़िद्दी थीं, ठान लिया सो ठान लिया। वह डरी, कहीं माँ ने वह ज़मीन उसके नाम तो नहीं कर दी। नहीं, नहीं, कदापि न लेगी ज़मीन, उसे कौन-सा गाँव में रहना है। अबकि गई तो वापस न लौटेगी। क्या करना ज़मीन लेकर...माँ ने उसके नाम कर दिया होगा तो

भी वो भाइयों के नाम कर जाएगी...कुछ नहीं लेकर जाना यहाँ से, बस माँ की एक साड़ी ले जाएगी, बतौर यादगार...और कुछ हाथ नहीं लगाएगी...

लेटे-लेटे उसने माँ के सिरहाने में हाथ लगाया—हाथ ज्यों-ज्यों अंदर करती गई, कई चीज़ें टकराने लगीं। कुछ ठोस, कुछ पेपर, कुछ सिक्के...चिहुँक कर उठी।

''गुलिया, दरवाज़ा बंद कर...''

गुलिया ने दौड़ कर दरवाज़ा बंद किया। रिया ने पूरा गद्दा उठा कर नीचे फेंक दिया। सिरहाने का साम्राज्य खुल गया था। कुछ ज़ंग लगी चाबियाँ, कुछ सिक्के, मुड़े-तुड़े रुपये, कुछ खुली बीड़ियाँ, कुछ कतरनें, चार तह किया हुआ मर्दाना ऊनी शॉल...और एक पतली-सी फ़ाइल। गुलिया और रिया दोनों अचंभे से सिरहाने के इस साम्राज्य को देख रही थीं। इन सामानों को कौन हाथ लगाए। कँपकँपाते हाथों से रिया ने सामान उठाना शुरू किया। गुलिया ने बीड़ियाँ उठाईं। सबसे पहले फ़ाइल उठाई। स्टांप पेपर थे। रिया की आँखों में इतना पानी था कि पेपर पढ़ नहीं पा रही थी। धुँधली आँखों ने जो पढ़ा, उसके पैरों तले से ज़मीन खिसक गई। माँ के हाथ लिखा छोटा-सा खत उसके नाम था। एक श्वेत श्याम मर्द की घिसी हुई तस्वीर थी, घनी दाढ़ी, तीखे नैन-नक्श। एक पेपर पर कवितानुमा कुछ लिखा था। जिस पर पहेली जैसा कुछ लिखा था, नीचे लेखक का नाम-पता भी लिखा था।

''लोमा लाठी/शान भथाहीं/धन तिसिऔता/ममला गेल महिसौर

मिरजा नगर के ललना हे जानकी/ सुंदर सुशील सिरमौर''

पहली दो पंक्तियाँ पढ़ कर रिया काँप गई। मिरजा नगर तो उसका ननिहाल है...ननिहाल वर्षों पहले छूट चुका था। पिता ने कभी जाने नहीं दिया। न माँ को न किसी भाई-बहन को। शायद किसी से झगड़ा हो गया था, तब से आवाजाही बंद थी। रो-धो के माँ भी मिरजा नगर को बिसरा गई। श्वेत श्याम तस्वीर उठा कर देखा—ऐसा लगा, चेहरा जाना-पहचाना सा है...कहीं देखा है...बचपन में...

स्मृतियाँ साफ़ नहीं हो रहीं। माँ का बिलखना, बाबूजी की दहाड़ याद है।

उसने स्टाम्प पेपर को देखा...ज़मीन का कागज़ था। माँ का साइन था। अँगूठे का चिन्ह। ऊपर नाम पमपम तिवारी, ग्राम-मिरजा नगर, ज़िला-वैशाली।

अंदर से माँ के अनगढ़ अक्षरों में एक खत निकला रिया के नाम जिसमें

अपनी अंतिम इच्छा दर्ज कर गईं। वे जानती थीं कि सिर्फ़ बेटी ही सबसे लड़कर उनकी ख्वाहिश पूरी कर पाएगी।

रिया, मेरी बाबू,

पता नहीं, ये चिट्ठी तुम तक किस हालत में पहुँचेगी या कब पहुँचेगी। पहुँचेगी भी या नहीं, पता नहीं। अगर तुम चिट्ठी पढ़ रही हो तो मेरी एक ख्वाहिश पूरी कर देना। करोगी ना ?

फ़ाइल में ज़मीन के पेपर हैं, वो मुझे तुम्हारे नाना जी ने दिया था। जिसे मैंने छिपा कर रखा, ये ज़मीन तुम मेरे बाल सखा, पमपम तिवारी को दे देना। मैंने उनके नाम कर दिया है। मुझे उनसे गहरा अनुराग था। बस उनका कसूर ये था कि उनका धंधा तुम्हारे नाना को पसंद नहीं था। एक तो हम एक ही गाँव के, दूसरे उनका खानदानी धंधा हँकपड़वा का। द्वारे-द्वारे नगरी-नगरी श्राद्ध का भोज खाना, मृतक का प्रशस्ति-गान, स्वांग करना, उछल-कूद करना, माँगना-चांगना, बिलकुल शान के खिलाफ़।

मेरी इच्छा है कि बिना अपने भाइयों को बताए, पमपम को इज़्ज़त से बुलाओ, यहाँ से बेइज़्ज़त करके निकाला गया है, तुम इज़्ज़त देना उसको। वह भिखारी नहीं, कलाकार है, तुरंत-फुरत कविता बनाता है और गाता है। बहुत ओज है उसकी वाणी में। पूरे तिरहुत प्रमंडल में उसका डंका बजता था। सौ गाँव के लोग उसको बुलाते थे। पता चला है कि वो ये धंधा छोड़ चुका है और यह प्रथा भी खत्म हो गई है। फिर भी तुम उसको बुलाना, वो ज़रूर आएगा, उसने वादा किया था, छोटी-सी पर्ची उसके पास भिजवा देना...बस।

कहा कम, ज़्यादा समझना।

तुम्हारे लिए हम कुछ नहीं छोड़े जा रहे, सिवाए मुक्ति के। ये हम जीते जी तुमको दे चुके, सँभाले रखना। अपनी मर्ज़ी का जीवन, अपने मान-सम्मान के साथ जीना। बेटी रोना मत...मेरी आत्मा को कष्ट होगा।

तुम्हारी माँ

जानकी देवी

चिट्ठी खत्म होते-होते रिया का रोना बंद हो चुका था। चेहरे पर वही सख्ती लौट आई जैसी दिल्ली जाते हुए अखियार की थी।

उसने बचपन के साथी प्रभात को फ़ोन किया। रिया को तेरह दिन तक

रुकना था। उसे किसी का इंतज़ार जो करना था।

गुलिया बीड़ियाँ अपनी हथेलियों पर लेकर रिया के सामने आ खड़ी हुई। रिया ने माचिस माँग कर बीड़ी सुलगाई और चिट्ठी के अंत में लिखी गीत की दो पंक्तियाँ गुनगुनाने लगी—

‘‘पटना से बैदा बुलाई दअ...नजरा गईली गुईयां...’’

गुलिया अपनी हिचकी न रोक सकी। माँ का कमरा सैलाब में डूब गया था जहाँ दो आत्माएँ टापू की तरह तैर रही थीं, अपना ओर-छोर ढूँढ़ती हुई।

हो बुढ़िया के रोटी /पुतोहिया के भात

बुढ़िया बोले त / ठोठे पर हाथ

हे...जयजयकार रहईया/बिजरौली वाला जजमान के गांड फटइया

हे...

वाह वाह रे जमाना / बड़का भाई के कलकत्ता में कारखाना

बड़का भाई के मोंछ / जैसे बरछी के नोंक

छोटका भाई के मोंछ / जैसे बकरी के पोंछ

हो...

जय जानकी जगदंबा /हाथ गोर लंबा

उरदी के खेत में / रहरी के खंबा

हो...

जानकी सिंगार / जैसे चंदा उतार

जानकी के गान / जैसे देवी स्थान

जानकी बसान / जैसे स्वर्ग में बिहान

दुष्ट बेटवन के नरक में स्थान

हो...

दोनों भाइयों की भृकुटी तन गई थी। उसे देखते ही दोनों चौंक गए। ये कहाँ से आ गया? किसने बुलाया? जिसे दरवाज़े से वर्षों पहले अपमानित करके बाबूजी लौटा चुके थे, उसकी यहाँ आने की हिम्मत कैसे हुई। अपने दरवाज़े पर कोई हँकपड़वा नहीं चाहते थे। हँकपड़वा गान में ही सबका मखौल उड़ाता था, सबके भेद खोलता था और अंत में गुणगान करके माहौल गमगीन कर देता था। जाते-जाते बहुत कुछ ठग के ले जाता था। दोनों भाई उसके लिए

तैयार न थे। वे क्रुद्ध निगाहों से रिया को देख रहे थे। माँ की इच्छा पूरी होते देख कर रिया मुस्कुरा उठी। वह भाइयों का रिएक्शन देखने को आतुर थी। कैसा लगेगा जब जुल्मो सितम का पर्दाफ़ाश होगा। मन में दर्द और सुकून की लहर काँपी। जिस आग को लेकर एक विलक्षण स्त्री इतने वर्षों तक जीती रही, इतना दर्द समेटे, इतनी क्रूरताओं को झेलती रही, उसकी छोटी-सी ख्वाहिश पूरी होने जा रही थी।

पंडाल में रिश्तेदारों और मेहमानों के बीच हँकपड़वा का गान और हुंकार जारी थी। सफ़ेद धोती, कत्थई रंग का मुरेठा सिर पर बाँधे, लाल-लाल मतवारी आँखें, काला जूता सब मिलाकर अनोखी छटा थी। वह देह झटक, पैर पटक, शॉल लहरा-लहरा कर, ताली बजा-बजा कर समां बाँध रहा था। बड़े भैया ने कुछ रुपये निकाले, हँकपड़वा को चुप रहने का इशारा किया, रुपये उसकी तरफ़ बढ़ाए। उसने घृणा से हाथ झटक दिया। उसने रिया को पास बुलाया, पतली-सी फ़ाइल रिया ने उनकी तरफ़ बढ़ा दी। गोरे-गोरे हाथों से पीली, मरियल-सी फ़ाइल हाथ में लेकर अचंभे से देखा, खोला, थोड़ी देर तक सन्न रहा।

''अब तो खुश हो गए तिवारी जी...लगता है, मोटा माल मिला है आपको, अब यहाँ से निकलिए...''

बड़का भैया ने व्यंग्य बाण छोड़ा। तिवारी जी ने अपनी लाल अंगार जैसी, भस्म कर देने वाली आँखों से उन्हें घूरा और तत्क्षण रिया की तरफ़ पलटे। फ़ाइल चार टुकड़ों में फाड़ी और रिया को थमा कर ललुआ का हाथ पकड़ा, ''बउआ, ई हमारी सालों बाद आखिरी हाँक थी। हम भांट भांटिन नहीं हैं कि सिर्फ़ प्रशंसा गाएं। तुम जानती हो कि हमें किसका अनुराग खींच लाया, किसकी खातिर हम कसम तोड़े हैं...सदा सुखी रहो...तुम जानकी जैसी ही सुन्नर हो, चांद का टुकड़ा...''

उसके माथे पर हाथ फेरा, गोरी, बूढ़ी कलाई बेहद आत्मीय थी। चाहती थी, माथे पर देर तक वो कलाई पड़ी रहे, या उससे लिपटकर जार-जार रो ले। वो तूफ़ानी हवा थे, रुकते कहाँ। पूरे वेग से झपटते हुए कॉलोनी के गेट से बाहर। उनका गान रुदन में बदल चुका था। उनका रुदन-गान सुन सकती थी—

''नजरा गईली गुईयां...''

बूढ़ी फुआ बोल पड़ी, ''बड़े भाग वाले के काम में हँकपड़वा आते हैं।

अब त अइसे भी गाँव ज्वार में ढूँढ़े नहीं मिलते। इनके चरण जहाँ पड़ते हैं, वहाँ का समय बदल जाता है। इनका आदर करना चाहिए था...ये ठीक न हुआ।''

रिया के गले में रुदन फूटा। उसे दूर जाती हुई एक धुँधली आकृति दिखी। क्या माँ की रूह थी वो ? वह आकृति धीरे-धीरे लोप हो गई। सिर्फ़ हवा में भंवर पड़ गए थे। जैसे उस अनुरागी हँकपड़वा के गालों में पड़ रहे थे जब वो हाँक दे रहा था।

रिया ने रुलाई रोकी। वह समझ गई कि उसके जीवन में कभी कोई हँकपड़वा नहीं आएगा।

स्वाधीन वल्लभा

प्रेम के आस्वाद के लिये शब्दों की भला क्या ज़रूरत ? शायद दुनिया की तमाम भाषायें, प्रेम के किसी हिमनद से निकली होंगी। एक दुभाषिये के तौर पर नीलंती की जिस अस्फुट भाषा को मैंने जाना और समझा उसने मेरे दुभाषिये होने के सारे मायने बदल दिये।

मुझे अच्छे-खासे पैसे मिले थे, इस काम के, और साथ में सख्त हिदायतें भी कि मुझे काम को कैसे अंजाम देना है। एक प्रेम की कठिन कथा में मुझे लगभग ढकेल दिया गया था। मन कह रहा था, उस वक्त कि तुम गलत कर रही हो...दिमाग कह रहा था तुम्हें क्या, काम तो काम है, निर्मम होकर वो करो जो क्लाइंट चाहता है। मेरे द्विभाषीय जीवन का ये पहला ऐसा असाइनमेंट था, जिसमें मुझे अपने आप से भी जूझना पड़ रहा था। अब तक मैं सिंहली भाषा से हिन्दी और हिन्दी से सिंहली में अनुवाद करने के लिए विदेशी डेलीगेशन के साथ सरकारी मेहमान बनकर जाती थी।

पहली बार किसी भारतीय प्रेमी ने मुझे अपने प्रेम कांड में उलझा दिया था। मैं मना करती रही...वो लड़का लगभग पैर पकड़ने की हालत में आ गया था। कोलंबो से ढाई सौ किलोमीटर दूर पहाड़ी शहर नुवाराएलिया में उसका ठीक-ठाक काम चल रहा था। चाय के बगान में एडमिन बनकर काम में और बगान में दोनों में इतना रम गया था कि फ़ैक्ट्री में पर्यटकों को चाय की खूबियाँ बताने वाली नीलंती से प्यार कर बैठा था। मैं भी सिंहली हूँ, सिंहली युवती के भारतीय लड़के से प्रेम के कारणों को अच्छे से समझ नहीं पाई थी। शायद शासकों की तरह प्रेम करने की वजह से (कुछ औरतों को उन पुरुषों से प्यार हो जाता है जो उन्हें खुद से श्रेष्ठ लगें या उन्हें शासित करें, वैसे हमारे समाज में ऐसा नहीं होता) या सिनेमाई अंदाज़ में प्रेम का इज़हार करते हुए, अपनी बौद्धिकता का आतंक फैला कर...या लड़की को भारतीय काव्यशास्त्र की नायिकाओं से

तुलना करके...तुम ऐसी, तुम वैसी... ।

मुझे याद आया...मैंने नायिका भेद में पढ़ा था—पद्मिनी नायिका जिससे कमल पुष्प की गंध आती हो, कमलनयनी चित्रिणी नायिका जो संगीत-नृत्य में पारंगत हो, शंखिनी और हस्तिनी नायिका की याद आते ही हँसी छूट गई मेरी। कितनी अजीब होती होंगी ना ऐसी नायिकाएँ। नीलंती को गौर से देखा था मैंने। खोई-खोई आँखों वाली, सांवली-सी लड़की किसी नायिका भेद से परे दिखी। पहली, छरहरी काया, पश्चिमी परिधान में मेरे पास प्रकट हुई थी उम्मीदें लेकर। जैसे मेरे हाथों में ही उसके संबंधों की आन-बान-शान टिकी हो। सिंहली में ही मेरा उसका संवाद होता था फिर वो अपने प्रेमी को इंगलिश में बताती थी। सिंहली में हम दोनों का संवाद सुनकर उसका भारतीय प्रेमी हकबका उठता था। एक नाउम्मीदी-सी उसके चेहरे पर तैरने लगती। फिर आँखों में उम्मीद भर कर मेरी तरफ़ देखता। मुझे वो सच्चा प्रेमी लगा जो अपने घरवालों और प्रेमिका के बीच पुल बनाने की कोशिश कर रहा था। वो चाहता तो घरवालों से विद्रोह करके शादी कर लेता, शादी के बारे में कभी न बताता, पैरेलल परिवार चला सकता था या कुछ भी कर सकता था...लेकिन उसे तो सिंहली लड़की से प्रेम था, इसी से शादी भी करनी है। हिन्दी का एक शब्द न जानने वाली सिंहली लड़की भी आमादा थी कि पहले उसके परिवार से बात करेगी ताकि शादी में सब शामिल हों, कोई अड़चन न आए। अपने साथ वो अपनी माँ को लेकर भारत जाने को तैयार थी। लड़का उसकी इच्छा के आगे नतमस्तक था। मैं तो हिन्दी साहित्य में डूबी रहने वाली लड़की थी, अनेक प्रेम कथाएँ पढ़ डाली थीं, पहली बार एक प्रेम कथा की सूत्रधार बनने चली थी। मैं तैयार हो गई। सारी तारीखें तय, नीलंती और उसकी माता जी के साथ सारी औपचारिकताएँ पूरी हो गईं।

मुझे पहला धक्का तब लगा जब मुझे रवानगी से एक दिन पहले नीलंती ने ही बताया, ''अथिरा, हमें दिल्ली से पटना की फ़्लाइट लेनी होगी।''

''क्या... ?'' मेरे मुँह से ज़ोर से निकला।

''तुम्हारा ससुराल बिहार में है... ?''

मेरी आँखें फैल गई थीं।

''पटना से आगे जाना है, गंगा के उस पार, वैशाली ज़िला है कोई, सब डिटेल ले ली है...टैक्सी कर लेंगे...अरुण ने सारा इंतज़ाम कर दिया है। सब

कुछ फ़िट मिलेगा हमें...बस ध्यान रहे, हमें गाँव जाना है और वो गाँव के लोग हैं...हमें उसी तरह उनको हैंडिल करना है...''

मैंने भारत में पढ़ाई की, शोध किया, कभी बिहार जाना न हुआ। वहाँ के किस्से बहुत सुने थे। मेरे मन पर कुछ अच्छी छाप नहीं थी। मैंने उस दौर में पढ़ाई की थी जब दिल्ली विश्वविद्यालय में बिहारी लड़के बहुत डिमांड में थे और मेरी पंजाबी सहेली कंवलजीत कहा करती थी, ''बिहारी लड़के बड़े टिकाऊ होते हैं, फ़ैमिली मैन...शादी के लिए परफ़ेक्ट मेटेरियल...''

इन लड़कियों का मोहभंग होते भी देखा जब पंजाबी-बिहारी शादियाँ टूटती पाई गईं। अब मेरे देश की एक लड़की बिहारी लड़के के फेर में पड़ गई थी और मुझे अपने ज़माने की वो सफल-विफल जोड़ियाँ याद आने लगी थीं। मैं कोई सलाह देने की स्थिति में न थी। मैं प्रोफ़ेशनल द्विभाषिया थी और मुझे अपना काम करना था। बस बिहार के नाम पर जाने क्यों, खटक रहा था भीतर। पैसे वाला काम था, मुफ़्त की भारत यात्रा। भला कौन छोड़े। नीलंती का प्रेमी नहीं आया। उसे छुट्टी नहीं मिली थी। मुझे लगा, वो जाना नहीं चाहता था। बच रहा था इस स्थिति से। नीलंती और उसकी माँ की ज़िद के आगे झुक-सा गया था।

रास्ते भर नीलंती बिहार पर बने तमाम वीडियोज़ देखती रही, गूगल पर कुछ-कुछ सर्च करती रही। पटना और उसके आस-पास का सारा भूगोल गूगल पर छान मारा। उन्हें देखते हुए उसके मुँह से दो बातें निकलीं—बोधगया और वैशाली।

मैं चौंकी—उसके प्रेम का धागा कहाँ से जुड़ता है।

≈

कस्बे का वह व्यस्ततम चौराहा था जहाँ से एक रास्ता उसकी गली के पास जाकर खत्म हो जाता था। वहाँ से फिर कई पतली गलियाँ निकलती थीं। सारी गलियाँ संकरी इतनी कि बड़ी गाड़ी तो जा ही नहीं सकती थी। हम सबको गाड़ी मुहाने पर ही छोड़नी पड़ी और पैदल अंदर जाने को कहा गया। गली के मोड़ पर दो लोग खड़े थे जो हमें आगे का रास्ता दिखाने वाले थे। हम तीन और एक अरुण का दोस्त, चार लोग उनके पीछे-पीछे चुपचाप चलने लगे। गली के मुहाने

से ढोर-डंगर दिखाई देने लगे थे। गंधाती हुई गली में हम चारों ने नाक पर रुमाल रख लिए थे। दो लोग जो हमें रास्ता दिखाने आए थे, वो स्थानीय भाषा में चुहल करते हुए चले जा रहे थे। उन्हें कोई फ़र्क नहीं पड़ रहा था।

मेरे पीछे चल रही नीलंती और साथ में उसकी फ़ैशनेबल माता थोड़ी परेशान दिखाई देने लगी थीं। पूरा सज-संवर कर, श्रीलंकाई पोशाक 'ओसरिय' पहने हुए, जो बिलकुल साड़ी की तरह होती है, सोने के गहने से लदी हुई। मानो अपने वैभव का प्रचार करना चाहती हों। उनके चेहरे से लग रहा था कि न उन्हें यह गली भा रही थी न वहाँ की हवा में फैली बदबू। हाईहील की वजह से नीलंती बार-बार लड़खड़ा जाती। कभी सलवार ऊपर चढ़ाए तो कभी चुन्नी कंधे पर खींचे। भारी भरकम चुन्नी कंधे से सरक-सरक जाती थी। मैं जितनी बार मिली, इसे पश्चिमी परिधान में देखा था। गुलाबी-सुनहरे रंग के सलवार कुर्ते में वासकसज्जा नायिका-सरीखी लग रही थी। कान में सोने के बुँदे चमक रहे थे। गले में पतली-सी सोने की चेन, हल्का सिंगार चेहरे पर। कभी-कभी शिफ़ॉन के दुपट्टे को सिर पर ओढ़ लेती फिर हवा उसे नीचे गिरा देती। उसे गले में लपेट लेती। दोपहर का वक्त था, मार्च के पहले सप्ताह की मीठी धूप उसके चेहरे पर उतर आई थी। जाने भीतर की धूप थी या बाहर की, चेहरे का सांवर रंग सुनहरा हो गया था। यात्रा की तकलीफ़ों और संभावित मुलाकातों के संशय के बावजूद कमलनयनी की आँखों में स्वप्न झिलमिला रहे थे। उसके कदम खराब रास्तों की वजह से नहीं, प्रेमी की याद में लड़खड़ा रहे थे, ससुराल से मिलने के रोमांच में।

मुझे नीलंती पूरी तरह अलग लोक की स्त्री लग रही थी, मोहक, मैंने बार-बार उसे घूरा। वह समझ गई थी कि मैं उसे निहारती चल रही हूँ। उसने बताया, ''ये ड्रेस इन्हीं लोगों ने भेजी थी और सख्त हिदायत के साथ कि यही पहन कर आना है।''

प्रेम में आकंठ डूबी वो गली में लड़खड़ाती हुई अपनी माँ को निहोरा (मुड़ कर देखना) वाले अंदाज़ में देखती। माँ कुछ बड़बड़ा रही थीं, ''जाने किस लोक में प्रवेश करने जा रहे हैं...।''

''हम पटना में भी उन्हें बुलाकर मिल सकते थे, गाँव जाना ज़रूरी था क्या?'' मैंने नीलंती की माता जी से पूछा।

''हमें देखना ज़रूरी है कि मेरी बेटी कैसे घर में जा रही है, परिवार के

लोग कैसे माहौल में रहते हैं, गाँव बुरा नहीं होता, हम भी गाँव में ही रहते हैं, मगर ऐसा नहीं है...'' चेहरे पर हिकारत के भाव उभरे।

''वैसे भी, नीलंती को कौन-सा यहाँ रहना है, परिवार से तो मतलब रहेगा न, चाहे कहीं रहे, एकलौता बेटा जो ठहरा...''

नीलंती कच्ची सड़क की बदहाली से उतनी परेशान नहीं थी जितनी उसे अपनी ड्रेस से परेशानी हो रही थी।

''पता है, चलते हुए अरुण ने मुझे बहुत समझाकर भेजा है कि पहली बार वही ड्रेस पहनकर जाना जो हमेशा पहन सको...मेरी तरफ़ से कोई दबाव नहीं, न ही तुम उनके दबाव में आओ...जो मन हो पहन कर जाओ...बस ध्यान रहे, फिर आगे निर्वाह करना पड़ेगा...बहुत पारंपरिक परिवार है मेरा...और मैं उन्हें नहीं बदल सकता। न परिवार, न उनका स्वभाव...''

नीलंती को अरुण का प्रेम साहस दे रहा था, तभी इतनी दूर वह मुझे साथ लेकर चली आई थी। पहले अरुण भी हैरान हुआ था। हतोत्साहित करने की बहुत कोशिश की। हर तरह से डराया, समझाया। प्रेम दीवानियाँ कहाँ मानती हैं। स्त्रियों को प्रेम जहाँ साहसी बना देता है, वहीं पुरुषों को डरपोक। वो छुपाना चाहते हैं। बचना चाहते हैं अप्रिय स्थितियों से। जब तक बहुत ज़रूरी न हो, मुखर नहीं होते प्रेम को लेकर। जबकि स्त्रियाँ शुरू में ही मुखर हो उठती हैं, टकरा जाती हैं, टकराने को तैयार रहती हैं। प्रेम उनके भीरु मन के लिए आश्वासन की तरह होता है।

नीलंती में मुझे वही साहस दिखाई दे रहा था। अभी तक तो साहस दिखा रही थी। उसके घरवालों से मिलने के बाद क्या फ़ैसला होगा, उसके बारे में मेरी अंतिम राय तभी बनेगी। अरुण के घरवालों को लेकर मैं बहुत शंकित थी। मुझे बार-बार अरुण की बातें याद आ रही थीं जो उसने अकेले में मुझे समझाई थीं। मुझे उसी को ध्यान में रखते हुए बातचीत करनी थी। कठिन था मगर काम तो काम है, जैसा क्लाइंट बोले, चाहे।

जब तंग गलियाँ खत्म हुईं तो खुले खेत शुरू हो गए। सबने राहत की साँस ली। ज़्यादा दूर नहीं चलना पड़ा। पतली-सी पगडंडी जहाँ खत्म होती थी, वहीं पर एक बड़ा-सा घर दिखाई दे रहा था। साथ में अरुण का दोस्त गाँव के बारे में बताता जा रहा था। थोड़ा-बहुत मैंने सुना जिससे अंदाज़ा हुआ कि अरुण के घरवाले सम्पन्न किसान हैं, गाँव में काफ़ी खेतीबाड़ी, अपना पोखर और ट्रैक्टर

भी है। अरुण के पिता तीन भाई हैं, बंटवारे के बावजूद सब एक ही घर में रहते हैं। नीलंती ने खेतों में रबी की लहलहाती हुई हरी फ़सलें देखीं, उसे चाय के बागान याद आ गए। सरसों के पीले-पीले फूलों को देखकर उसे अपना देश याद आया। जिस शहर में रहती है, वहाँ साल भर ठंड पड़ती है, समुद्र दूर है वहाँ से। उसने पहली बार भारत का वसंत देखा। उसका तन-मन दोनों पियराने लगे थे, सरसों के फूल-से। थोड़े-से सरसों के फूल ले जाएगी अपने बुड़बक (बेवकूफ़) के लिए...। चेहरा रक्ताभ हो उठा। मन में पहले से ही धुकधुकी लगी थी। अनेक तरह की शंकाएँ घेर रही थीं, लगा अरुण साथ चल रहा है पगडंडी पर हाथ थामे, दोनों हथेलियों के बीच सरसों की फूल भरी डालियाँ झूल रही हैं। ''सब ठीक होगा, ''...जैसे कान में कोई फुसफुसाया।

''तुम मेरी माता जी को तरह-तरह की चाय बना कर पिला देना...वो मुरीद हो जाएँगी तुम्हारी...'' चलते समय अरुण ने छेड़ा था।

अपने साथ ढेर सारे उपहार लाई थी, जिसमें चाय की कई किस्में थीं। चाय के बारे में उन्हें अच्छे से समझा सकती थी। हवेलीनुमा घर के बाहर काफ़ी लोग पहले से जमा थे। कुछ प्लास्टिक की कुर्सियाँ पड़ी हुई थीं, कुछ लकड़ी के तख्ता। कुछ लोग बैठे हुए थे, औरतें दरवाज़े पर खड़ी थीं। सबके सिर पर आँचल, छोटी बच्चियाँ उछलकूद कर रही थीं। गाँव में खबर फैल गई थी, कुछ औरतें आस-पास मंडरा रही थीं। घर के अंदर आने की हिम्मत न हो रही थी। हम तीनों को आँगन में ले जाया गया। नीलंती ने पहले हाथ जोड़कर नमस्कार किया, अचानक उसे कुछ ध्यान आया, उसने झट से अरुण के पिता और माँ के पैर छू लिए। पिता और माँ गद्गद। नीलंती ने दो लाइन हिन्दी सीख ली थी— बैठते ही पूछा, ''कैसे हैं आप लोग ?'' ...''हम लोग अच्छे हैं...आपसे मिलकर बहुत खुशी हुई... '' बस। उसके बाद हिन्दी समाप्त। चुप्पी छा गई। किसी विदेशिनी के मुँह से हिन्दी सुनकर सब लोग गद्गद हो गए। सबको उम्मीद बँधी कि एक दिन हिन्दी बोलने लगेगी, तब बातचीत का संकट नहीं रहेगा। आँगन में अरुण का पूरा परिवार नीलंती को घेर कर बैठा था। जैसे कोई अजूबा आ गया हो। उस गाँव की वह दूसरी विदेशिनी बहू होने वाली थी। इसके पहले एक रूसी दुल्हन, पति के साथ आई, गई, फिर दोनों नहीं लौटे। परिवार बिसूरता रह गया। अरुण और उसका परिवार इस अंजाम से वाकिफ़ थे। सो सतर्क लगे। अब असली बातचीत का दौर शुरू होने वाला था। सब मेरी तरफ़ मुखातिब थे।

मैंने सबका परिचय पूछना चाहा तो अरुण की माता जी ने नीलंती की तरफ़ घूम कर पूछा, ''तुम्हारा पूरा नाम क्या है?''

नीलंती नाम से समझ गई। उसने कहा, ''नीलंती।''

''पूरा नाम... ?''

अपने सिर पर आँचल खींचती हुई माता जी मुस्कुराईं। सिल्क की साड़ी में भव्य लग रही थीं। माथे पर नीली साड़ी से मैचिंग बिंदी और माँग में सिंदूर, खूब भरा-भरा।

मैंने नीलंती को सिंहली में बताया कि वे पूरा नाम पूछ रही हैं।

नीलंती ने कहा, ''नीलंती श्यामली साहरिका अग्रकुमारी राजपक्षा।''

वहाँ ज़ोर का ठहाका गूंजा। मैं थोड़ा झेंप गई। हमारे नाम होते ही हैं इतने लंबे। इसीलिए पहला नाम ही बताते हैं। न कोई याद कर पाएगा न हमें पुकार पाएगा।

''और पिता जी का नाम?'' यह अरुण के पिता थे, उन्होंने अपनी हँसी रोक कर पूछा। शायद नामों में दिलचस्पी जग गई थी।

नीलंती ने मेरे कहने पर पिता का नाम बताया, ''चामीडू नवासरीथ जयाथिलाका।''

इसके बाद तो ठहाकों के जो दौर चले, उसने हम तीनों को बेहद असहज कर दिया। हम ठहाकों के थमने का इंतज़ार करते रहे। उसके बाद ही असली बातचीत शुरू होनी थी। वहाँ का जो माहौल लग रहा था, या जो लोगों के हाव-भाव थे, मुझे खटका-सा महसूस हो रहा था। मगर हर हाल में मुझे अपनी भूमिका सही-सही निभानी थी।

ठहाकों के दौर के बाद अरुण के पिता जी बातचीत का कार्यभार अरुण की माता जी को सौंपकर बाहर चले गए।

माता जी ने हौले-हौले अपनी शर्तें रखनी शुरू कीं। जिन्हें सुनकर मेरा माथा घूमने लगा। मैं कैसे अनुवाद करके बताती। न बताऊँ तो अपने पेशे से बेइमानी हो। बता दूँ तो रिश्ता बनने से पहले टूटने की पूरी संभावना थी। रिश्ते से ज्यादा दो दिल टूट जाते और फिर अरुण मुझे अपराधी ठहराता।

''कहा था ना आपसे...भूल गईं...मेरे माता-पिता जो भी शर्तें रखें...जो अटपटी लगें...उनका उल्टा नीलंती को बताना है...और नीलंती के खराब जवाब को अच्छा करके उन्हें बोलना है...बस इतना संभाल लीजिए...बाकी मैं देख लूँगा।''

अरुण ने चलते समय मुझे एकांत में यही तो समझाया था। शायद उसे पक्का यकीन था कि उसके माता-पिता कुछ भी कांड कर सकते थे। भीतर से वह बुरी तरह डरा हुआ था। इस मुलाकात के लिए वह कतई तैयार न होता अगर नीलंती की माता जी न अड़ जातीं और नीलंती खुद दिलचस्पी न लेती।

मैं बीच में थी और दोनों तरफ़ से सारी बातें उल्टी दिशा में चल रही थीं। तरह-तरह के पकवानों से भरा नाश्ता, हलवा भी था, पूरियाँ भी तली जा रही थीं, कई तरह की नमकीन और फिर चाय । बार-बार खाने का प्रेमिल आग्रह। इसके बाद बातचीत का दौर।

अरुण की माता जी कह रही थीं, ''शादी के बाद तीन महीने गाँव में रहना होगा। पहला बच्चा मायके में होगा...हमारे यहाँ बहुओं को साड़ी पहनना पड़ता है, सिंदूर, चूड़ी, सारे सुहाग चिन्ह अपनाना होगा..साल भर कहीं रहो, हरेक साल छठ में गाँव आना पड़ेगा...शर्ट-पैंट ड्रेस एकदम नहीं चलेगा...घर का सारा काम करना पड़ेगा...बहुएँ संभालती हैं...शहर वाली आज़ादी यहाँ नहीं मिलेगी...सिर पर आँचल हरदम...अरुण को हम लोग ये सब बात बता दिए हैं, पूछ लेना...''

उनके हर वाक्य में 'अरुण' का नाम होता...मुझे लगा, ये टिपिकल माँ की तरह हैं जो अपने बेटे को लेकर बहुत 'ऑब्सेस्ड' होती हैं। ऐसी माँएँ वरदान भी हैं और अड़चन भी। जाने आगे क्या बोलने वाली हैं।

चिंता की लकीरें मेरे चेहरे पर खिंच आई थीं।

''और एक सबसे बड़ी बात—हम लोग जाति से ब्राह्मन भूमिहर हैं, मीट-मछली नहीं खाते। हमारे घर में शुरू से कोई नहीं खाया। इन्हें भी छोड़ना पड़ेगा...अपने देश जाना तो खा सकती हो...मेरे बेटा को भ्रष्ट नहीं करना...वो बचपन से कंठी माला पहनता है...तीज-त्योहार करना पड़ेगा...हमारा कल्चर है, उसमें रमने को तैयार हो तो शादी होगी, नहीं तो हमारी तरफ़ से मना है...''

वे लगातार बोले जा रही थीं, मुझे अनुवाद का मौका ही नहीं दे रही थीं। उनके चेहरे के हावभाव देखकर नीलंती और उसकी माँ कुछ-कुछ परेशान से हो गए थे। उन्हें लगा कि मामला कुछ पेचीदा है। दोनों बार-बार मेरी तरफ़ देखे चली जाएँ। अब माता जी चुप हों तो कुछ बोलूँ। मैं तो सिर्फ़ सिर हिलाती जा रही थी।

अचानक वे रुकीं, ''हाँ जी, इनसे पूछिए और पूछकर बताइए, क्या जवाब है...शादी हमारे देश में होगी...पटना में कर सकते हैं...हमारी तरफ़ से तीन सौ

बाराती होंगे...सारा खर्चा आप लोगों को करना होगा। बाकी सामान का कैश ही दे देना आप...''

''बारातियों के स्वागत के बारे में भी तो बोल दो, अरुण की माँ... बारातियों को ले जाने के लिए बस करना पड़ेगा, दस तरह का खर्चा होता है, रिश्तेदारों को भी लेनादेना पड़ता है, उन्हीं लोगों को निर्वाह करना पड़ेगा। हम तो कर ना पाएँगे ।''

थोड़ी देर वे रुके फिर बोलना शुरू, ''एक बेटा होता है जो कमा कर घर में देता है, तो माँ-बाप को भी लगता है, चलो भाई, इसकी शादी में कुछ खर्च कर दो।''

दूर से पिता जी की आवाज़ आई।

''हाँ, हम अभी बात करिए न रहे हैं...लड़की की माँ हैं ना, इनसे सब बात हो ही जाए...इनके बाबूजी होते तो आप बात कर लेते, मरद मरदी की बात होती तो ठीक होता, हम जेतना कर सकते हैं, कर रहे हैं...''

पिताजी की बोलती बंद हो चुकी थी। आंगन में जितनी औरतें थीं, उनमें खुसुरफुसुर शुरू। नीलंती उन्हें सुनते हुए अपने प्रणय के प्रगाढ़ क्षणों में डूब गई थी जब अरुण बहुत मस्ती में होता था तो अपने घरवालों की नकल करके, स्थानीय बोली भाषा में बोलकर उसे हँसाता था। हास-परिहास का दौर ऐसे ही चलता था। अरुण की माता जी जो बोल रही थीं, उसमें कुछ-कुछ कई बार अरुण बोलता था—वो शब्द कानों में बजने लगे थे।

''ऐ दुल्हिन...सिर पर अंचरा रखो, बूझी...चलो, भात-दाल पकाओ, इडली, सांभर, मछली भूनने से कुछ न होगा..पति...प्रेमी की सेवा करो...हम परमेश्वर हैं तुम्हारे., बुरबक कहीं की...एकदमे बताह मिल गई हमको...''

''ई बुरबक, बताह का क्या अर्थ... ?'' वह पूछती।

''मतलब तुम बहुत सुंदर हो...''

अरुण ज़ोर से ठहाका लगाता। फिर सही अर्थ बताता। बदले में वो भी प्रेम के गहन क्षणों में...''ऐ मेरे बुरबक...बताह...'' बोलने लगी थी। दो भिन्न लोगों के बीच प्रेम का सबसे सुंदर संवाद इन दो शब्दों के माध्यम से होता था।

अरुण चुहलबाज़ था। अपनी भाषा में उससे खूब चुटकी लेता था।

''अउर हम तुमको फ्री में नहीं मिलेंगे...कैश लगेगा...दूल्हा बिकता है, बोलो खरीदोगे... ?''

चुटकियों से कैश गिनने का अभिनय करता। अरुण का हँसोड़, मज़ाकिया स्वभाव, अपना ही मज़ाक बनाना, नीलंती को बहुत भाता था। जितनी देर साथ रहता, वह हँसती रहती थी। सारे तनाव से दूर, चाय की पत्तियों की गंध से दूर, प्रेम-गंध में डूब जाती। उसके प्रेमी की माँ भी खर्चा-पानी की बात करती हुई चुटकियों से कैश गिनने लगी थीं। अरुण के चेहरे पर इनकार के भाव कई बार इसी तरह आते, जैसे माता जी के चेहरे पर आ-जा रहे थे। उसका धीर-ललित प्रेमी, सख्त एडमिन भी था। वह उसकी देह-भाषा को बूझने लगी थी। यहाँ भी देह-भाषा बूझ रही थी। उनकी पूरी बात तो नहीं समझ पाई थी लेकिन कुछ सूत्र ज़रूर पकड़ में आ गए थे। शायद वह मुझसे पूरी बातचीत सुनकर रिएक्ट करना चाहती थी। माता जी को समझ में आया कि कुछ अप्रिय संवाद हुए हैं जो शायद काम बिगाड़ भी सकते हैं। वे मेरा मुँह जोह रही थीं।

मैं बोलना शुरू करती इसके पहले माता जी फिर बोल पड़ीं, ''लड़की को कह दीजिएगा, हिन्दी सीखना पड़ेगा...गाँव में कैसे रहेगी फिर...हम लोग बात कैसे करेंगे, यहाँ किसी को इंगलिश नहीं आती है...भुच्च गाँव है...नया बच्चा सब इंगलिश स्कूल में पढ़ रहा है...''

थोड़ी झेंपी हुई हँसी थी।

''हिन्दी तो मैं सिखा दूँगी, इसकी चिंता मत करिए, मैं आपकी बात इन तक पहुँचा कर आपको इनका जवाब बताती हूँ...''

''हाँ तो, अरुण के घरवालों की कुछ शर्तें हैं, जिन्हें आप मान लें...तो शादी संभव है, जैसे शादी पटना में होगी, खूब धूमधाम से, तीन सौ से ज़्यादा लोग आएँगे...इनके परिवार का रुतबा बड़ा है तो लोग भी इसी हिसाब से आएँगे, और इन्हें लड़की पसंद है, यहाँ आना-जाना रखें, बेटे को खुश रखें, खुश रहें, जहाँ रहें, हमें इनसे कुछ नहीं चाहिए, अपना घरबार बसाएँ...फले फूलें...जैसी हैं, वैसी रहें, हमारी खातिर अपने को न बदलें, जो चाहे, खाएँ, पीएँ, पहनें...ज़िन्दगी तो बेटे के संग बितानी है ना दुल्हिन को...हमने तो उसी दिन बहू मान लिया जिस दिन अरुण ने बताया...हमारा आशीर्वाद साथ में है... जाओ शादी की तैयारी करो...''

मैं सिंहली में अनुवाद करती जा रही थी। मेरा हलक सूख रहा था। अरुण का दबाव मेरे ऊपर बढ़ता चला जा रहा था।

नीलंती की माँ थोड़ी असमंजस में दिखीं, क्योंकि जो मैं बोल रही थी,

वो बातें माता जी की देह-भाषा से, हाव-भाव से कतई मैच नहीं कर रही थीं। लेकिन चारा क्या था? मैं उत्साह में कुछ और बोलने जा रही थी कि नीलंती अचानक उठ खड़ी हुई।

''मैं सब कुछ समझ गई अथिरा। मुझे बरगलाने की कोशिश मत करो।''

नीलंती की भवें तन गई थीं। उसके माथे की सलवटें उसकी अचेतन ऐंद्रिकताओं का सहज केंद्र बन गई थीं जो इस भाषाई आसमझ के दरम्यान उन ठूँठ शब्दों से भी सटीक अनुमान लगा रही थी जो उसके प्रेम की गाथा की दिशा तय करने वाले थे। नीलंती की आवाज़ में यकीन से लबरेज़ विस्फारित कर देने वाली अजीब-सी दृढ़ता थी। सब अवाक् उसकी ओर देख रहे थे और उसकी आवाज़ जैसे वशीभूत वर्जनाओं को तोड़ रही थी।

''क्या आप सब सोच रहे हैं कि मेरे जीवन और मेरे प्रेम से जुड़े इस खास मसले पर आप सबकी बातें मेरे पल्ले नहीं पड़ रहीं? अगर ऐसा है तो आप सब एक खुशफ़हमी में, एक मुगालते में ये बातचीत कर रहे हैं। जो मेरे जीवन का हिस्सा बनने वाला है, उसके हिस्से की कुछ चीज़ों को मैं भी साझा करती हूँ। अरुण की भाषा न सही पर कुछ शब्दों को लगातार सुनते उनके आशय, उनके वाक्यों को अनगढ़-सा ही सही, समझ तो लेती ही हूँ...

''अभी माता जी से सुना कि शर्ट-पैंट पहनने की आज़ादी नहीं होगी। बुरबक है, वो लड़का जो दहेज न ले। अरुण जब भी हँसी-ठिठोली करता है ये वाक्य मैंने सुना है। इन शर्तों का कोई मतलब नहीं। देखेंगे...

''अथिरा, तुमने सोचा कि एक दुभाषिये के तौर पर तुम्हारे झूठ हमारी समझ में नहीं आएँगे। दुनिया की कोई भाषा, कोई भी झूठ, प्रेम के संघर्ष को कमतर नहीं कर सकता। मैं आप सबको साक्षी मान कर पूरी बेबाकी से ये कहना चाहती हूँ कि दुनिया की कोई ताकत, कोई भी बाधा मुझे और अरुण को एक होने से नहीं रोक सकती।''

''अथिरा, शायद तुमने अपने दुभाषिये होने का धर्म ही नहीं निभाया पर रिश्तों को किसी कलह से बचाने के तुम्हारे आशय और तुम्हारी कोशिशों को मैं सैल्यूट करती हूँ...''

''चलो, हम वैशाली और बोधगया चलें।''

वह अंग्रेज़ी में बोल रही थी, सिंहली जैसे विस्मृत हो गई हो।

मैं हैरानी से उस स्वाधीन वल्लभा नायिका को देख रही थी जो अपने प्रेमी

के अविभाजित प्रेम की अनन्य अधिकारिणी है, जो इसके दिल पर एकछत्र राज करता है। जो अपने फ़ैसले पर दृढ़ निश्चय है।

थोड़ी-थोड़ी झेंप, थोड़ी लज्जा से भरी हुई मैं, उस वक्त सिर्फ़ 18वीं शताब्दी के कवि कुमार आशान की दृढ़-प्रतिज्ञ नायिका लीला की काव्य-पंक्तियाँ याद कर पाई, जिसका अनुवाद मैंने अपने केरल प्रवास के दौरान किसी से सुना था—

''ललनाओं का भाग्य वैसे ही घूमता है
जैसे घूमे उनकी मनोवृत्ति... ।''

सुरैया की चिंता न करो टुल्लू

जन्दाहा, ज़िला वैशाली एक मामूली-सा कस्बा था, जहाँ लोग चलते कम थे, घिसटते ज्यादा थे। सबको कहीं पहुँचना तो था, जल्दी नहीं थी किसी को। कोई किसी चौक-चौराहे पर ठिठक गया तो वहाँ से आगे जाना भूल जाता था और अपना काम किसी और को पकड़ाकर वहीं जमकर शाम तक बैठ जाता था। उन्हें अँधेरा ही घर भेजता था, उजाले भरमाते थे। दोपहर में ऊँघने के सिवा उस कस्बे को कोई काम नहीं था और टुल्लू पनवारी को आज भी लाउडस्पीकर ही बजाने का शौक था। लकड़ी की दुकान उसने फ़िल्मी पोस्टरों से सजा रखी थी और पतली रस्सी में हिन्दी की फ़िल्मी पत्रिकाएँ लटका कर रखने और रसिकों को गॉसिप सुना-सुना कर बेचने का शौक कायम था। वह पान खाकर कम थूकता था, फ़िल्मी गॉसिप ज्यादा उगलता था।

नीलू कुमारी ये सब देख-देख कर पक चुकी थी। मोबाइल रिचार्ज कराने जाती तो टुल्लू एकाध फ़िल्मी किस्से सुना ही देता। बातूनी टुल्लू से दूरी का समय आ गया था। टुल्लू इस खबर से बेखबर था। अंतिम दिन नीलू आई, मोबाइल रिचार्ज कराने और खबर सुना गई। नीलू को दिल्ली में नौकरी मिल गई थी। उसके मामा दिल्ली ले जा रहे थे जहाँ एक बूढ़ी स्त्री की देख-रेख उसे करनी थी। अच्छी तनख्वाह, रहने को सुरक्षित घर। कहीं दूर आना-जाना भी नहीं। नीलू की परित्यक्ता माँ को यह नौकरी सुहा गयी थी। किसी तरह बेटी को इंटर तक पढ़ा गई थी, आगे की पढ़ाई कठिन थी। दो छोटे बेटों का जीवन सामने था। खेती की कमाई और कुछ घरों में मज़दूरी करके इतना नहीं कमा पाती थी कि दो बेटों को अच्छी शिक्षा दिला सके। नीलू छोटे-छोटे बच्चों को पढ़ा कर अपने खर्च निकाल लेती थी। एक अदद नौकरी का स्वप्न देखती हुई बड़ी हुई थी, जिसमें अच्छी ज़िन्दगी की गारंटी दिखाई देती थी। मामा के माफ़रत वो दिन आ गया था। टुल्लू खबर सुनते ही छटपटा गया था।

‘‘तुम्हें क्या तकलीफ़ हो रही है, एक गहकी (ग्राहक) और फ़िल्मी किस्सा सुनने वाला कम हो जाएगा...क्यों, टुल्लू बाबू?’’

‘‘नहीं, ई बात नहीं है...’’ टुल्लू चुप। बोलती बंद। उसने मोबाइल रिचार्ज करते समय सौ रुपये का ज़्यादा डाल दिया। नीलू ने नोटिस किया।

‘‘हम तुमको फ़ोन करेंगे...’’

‘‘तुम हमको मिस्ड कॉल कर देना, हम मिला लेंगे तुमको...ठीक है...’’

‘‘चलो...टाटा...’’

इठलाती हुई, चपल, मगन नीलू कुमारी घर चली गई, दिल्ली जाने की तैयारियों में जुट गईं। उन्हें गुमान न था कि वे किसी के दिल का शटर गिरा गई हैं। उस शाम टुल्लू चुप रहा, कम बोला। कई दिनों तक कम बोलता रहा। फ़िल्मी गॉसिप के बिना वहाँ शामें सूनी होने लगीं। रिक्शे पर बैठ कर नीलू कुमारी स्टेशन की तरफ़ चली गईं। टुल्लू ने मुँह फेर लिया। नीलू हल्की उदास हुई। मन ही मन प्रण किया कि इसका सौ रुपया इसी से बात करके खत्म करेंगी। मिस्ड कॉल नहीं देंगे। उधार क्या रखना।

दिल्ली जाने के बाद नीलू कुमारी को दम मारने की फ़ुर्सत न मिली। नया घर, नयी नौकरी, नया शहर और सबके मिज़ाज अलग। आँखों में सपने रह-रह कर झिलमिलाते। माँ रोज़ बात करती और एडवांस तनख्वाह से क्या-क्या किया, ये उत्साह से भर-भर कर बताती। माँ, भाई सब खुश। नीलू कुमारी को चैन मिला। जान-प्राण से नौकरी में मगन हो गई। मोहल्ले में सौदा सुलुफ़ भी करने लगी। बसंत कुंज के मॉल में जाने से उसे डर लगता। मैडम ने नंबर दिया था, फ़ोन पर ऑर्डर करके मंगा लेती या गली के मोड़ पर राणा की छोटी-सी दुकान पर चली जाती। वहाँ उसे टुल्लू याद आता। राणा को देखते हुए मुस्कुराती और सामान लेकर लौट आती। राणा उलझन में पड़ जाता कि यह लड़की उसे देख-देख क्यों इतना प्रफुल्लित रहती है।

यह रहस्य जल्दी खुल गया। एक दिन अचानक उस दुकान पर वह किसी से टकरा गई। बाहर ही स्टूल पर टुल्लू बैठा था। एकदम शहरी कपड़ों में। जींस, टी-शर्ट पहने। पीठ पर बैग लादे।

उसे देखकर हक्की-बक्की रह गई नीलू कुमारी।

‘‘सुनो, अब हम भी यहीं नौकरी करेंगे। दिल्ली में ही रहेंगे। अपने मामा को बोलो, नौकरी खोज दें।’’

टुल्लू का सूखा हुआ चेहरा देखकर नीलू को तरस आ गया। उसे खुद पर भी गुस्सा आ गया कि सौ रुपये उधार का पचा गई, फ़ोन तक न किया। मिस्ड कॉल तक नहीं। नीलू को ग्लानि हुई।

''तुम दिल्ली में काम कर पाओगे, कहाँ रहोगे, काम क्या करोगे...कुछ आता-जाता है तुम्हें... ?'' नीलू ने सवाल दाग दिए।

''कुछ भी कर लूँगा...चपरासी बनवा दो, दुकान खुलवा दो, पैसे लाया हूँ।''

''ड्राइवरी करोगे...मैडम के लिए हम ड्राइवर ढूँढ़ रहे हैं...''

''नहीं, हमसे दिल्ली में गाड़ी नहीं चलेगी...हम गाँव में सिर्फ़ साइकिल चलाए हैं...''

''तुम रिक्शा चलाने लायक भी नहीं हो...'' नीलू झुँझला गई।

''तुम ड्राइवरी सीख नहीं सकते, यहाँ रहना है तो कुछ तो हुनर सीख लो, काम मिल जाएगा। जाओ गाँव, वहाँ सीखो, फिर आना। और कोई काम तुम्हारे लायक है नहीं यहाँ...और हाँ, जाओ, पहले रहने का ठिकाना ढूँढ़ो...फिर सोचेंगे...मैं खुद यहाँ नयी हूँ...क्या करूँ। मैडम से पूछूँगी। मामा तो भगा देगा तुम्हें। उससे मिलना भी मत...जाओ, फ़ोन करूँगी।''

राणा ने दूर से ये सीन देखा और उसे कुछ-कुछ समझ में आया। इश्क और लड़ाई दोनों पारदर्शी होते हैं। अगले दिन जब नीलू कुमारी दुकान पर आई तो नीलू उदास थी, राणा मुस्कुरा रहा था।

अनमनी-सी नीलू सामान लेकर वापस चली गई। गली में टुल्लू साथ हो लिया था। ये सिलसिला एक महीने तक चलता रहा। टुल्लू को कहीं नौकरी न मिली। कोई परिचित तक न था। साधारण से होटल में ठिकाना ढूँढ़ा था, धीरे-धीरे पैसे भी खत्म हो गए थे। नीलू असहाय उसका मुँह देखती रह जाती। नौवीं पास लड़के के लिए नौकरी ऐसे महानगर में कहाँ से ढूँढ़ती। हर तरफ़ दिमाग दौड़ाती। मैडम का सख्त चेहरा देखकर हिम्मत जवाब दे जाती। क्या पता, कैसा व्यवहार करें। पहले ही दिन मैडम ने कहा था, ''यहाँ लड़केबाज़ी मत करना। घर पर लड़के न आएँ। लड़कियों से परेशान हो चुकी हूँ...दिन भर मोबाइल पर लगी रहती हैं, गली-मोहल्ले में लड़कों के संग फिरा करती हैं, इसीलिए तुम्हें गाँव से मँगवाया...एजेंसी के थ्रू लड़की तो रखनी नहीं मुझे...''

नीलू कुमारी आज्ञाकारी बच्चे की तरह सिर हिलाकर उन्हें आश्वस्त

करती। मैडम के बारे में सोचती कि ऐसी सख्त स्त्री का भला कोई मित्र कैसे हो सकता है। मशीन की तरह जीती है। सारे काम मशीनी ढंग से। सिर्फ़ शनिवार-रविवार क्लब जाती है। ताश खेलती है, लंच करती है, वापस आ जाती है, सप्ताह भर के लिए घर में बंद होने। नीलू, क्लब में एक कोने में बैठकर सारे नज़ारे देखती रहती है। एक नयी दुनिया थी, जैसी फ़िल्म में देखती थी। मैडम उसे अपने टेबल से दूर रखती थी। वह दूर से नज़ारे करती। ये जानती थी कि ये दुनिया उसकी नहीं है, इसलिए उसमें रमने का स्वप्न देखती भी नहीं थी। दो महीने में मैडम के स्वभाव को समझ गई थी। मैडम का कड़क स्वभाव देखते हुए, टुल्लू के बारे में बात करने की हिम्मत न होती। उधर टुल्लू का हौसला टूट रहा था। नीलू पीछे नहीं लौट सकती थी, टुल्लू आगे नहीं बढ़ रहा था। चारों तरफ़ गहन निराशा थी, अस्वीकार था। बिना हुनर के कोई नौकरी देने को तैयार नहीं, कहीं टुल्लू का मन नहीं जमा। उसे बार-बार अपनी दुकान याद आती, रस्सियों पर टँगी फ़िल्मी पत्रिकाएँ याद आतीं, चौक पर पान, गुटखा खाकर उसके किस्से सुननेवाले याद आते। किसी की उधारी और उसकी वसूली याद आती। मोबाइल रिचार्ज कराने वाली औरतें, मर्द, किशोर याद आते। वहाँ कई कोस के लोग उसे पहचानते थे। फ़िल्मी रिपोर्टर अकेला वही था। अपनी जमी-जमाई दुकानदारी छोड़कर नीलू के पीछे-पीछे समंदर में गोता खाने आ गया। उसका जी उचटने लगा था, अजनबियत। उसे सामूहिक सम्मोहन में जीने की आदत थी, ये दुनिया अलग थी, अपने में डूबी हुई।

राणा की दुकान के पास एक सुबह दोनों रोज़ की तरह मिले।

''तू वापस गाँव चल सकती है?''

''बिलकुल नहीं, मेरी घरेलू परिस्थितियाँ ऐसी नहीं, तू जानता तो है, जब तक दोनों भाई पढ़ लिखकर कमाने न लग जाएँ, मुझे पैसे हर महीने घर भेजने हैं। दिल्ली में मेरे लायक काम है, जगह है। मैं यही काम जानती हूँ, यही कर सकती हूँ। बचपन से घर सँभालना सीखा है, एक हुनर आता है...यही अब मेरा काम है। मैं पीछे नहीं लौट सकती...''

नीलू की आवाज़ सख्त थी, जैसे अपने को सँभाल रही हो।

''मैं कुछ भी नहीं तेरे लिए नीलू...मेरे प्रति कोई ज़िम्मेदारी नहीं तेरी...''

टुल्लू की आँखें डबडबा रही थीं...

''ऐसे ही सुरैया ने देवानंद को छोड़ा था ना, बहाना खाली माँ का बनाया

था...सुरैया रह गई ना कुँवारी...''

नीलू ने छोटे-से पर्स से सौ रुपये का नोट निकाला, काँपते हाथों से हवा में उछाल दिया।

''दो पैसा कमाने लगी है तो माथा खराब हो गया है, मरद का लिहाज़ भी नहीं रहा...हद है...''

टुल्लू सौ रुपये का नोट हवा में उड़ता देखकर हैरान हो गया। उसे नीलू कुमारी से ऐसे तेवर की उम्मीद कतई नहीं थी। वह सब कुछ सह सकता था, ये नहीं कि कोई लड़की उसके मुँह पर रुपये उछाल कर चली जाए। वह नोट को हवा में ही लपकने के लिए दौड़ा।

''रिचार्ज का उधार है...हम उधार नहीं रखते किसी का, हम कमाते हैं अब, किसी के आगे हाथ नहीं फैलाते। किसी के मोहताज नहीं हम। एक बात और कहे देते हैं, तुम्हें अगर हार कर लौटना ही था तो यहाँ आना नहीं चाहिए था, हमने नहीं बुलाया था और ये जीवन है, सिनेमा नहीं...बूझे ? जाओ, सुरैया की चिंता मत करो...''

सुबकती हुई नीलू गली में ओझल हो गई थी। उसकी पतली काया जैसे हवा में लहरा रही थी।

गुस्से और दुख से भरा हुआ, अपमानित-सा, टुल्लू सौ रुपये का नोट हवा में उछालना चाहता था। नहीं कर पाया। उसे आनंद विहार स्टेशन के लिए ऑटो पकड़ना था, जहाँ से उसे वापसी की ट्रेन मिलने वाली थी। वह लौट कर दूसरी दुनिया बसाने को बेचैन था। जहाँ दो पैसा कमाने वाली किसी औरत की ठसक झेलनी न पड़े।

दग़ाबाज़ रे...

"नौ मन तेल होइहें, न राधा नचिहें..." अंदर मोढ़े पर बैठी अम्मा बड़बड़ा रही थीं। जब-जब बंटी कुमार अपनी ड्यूटी से लौटता, अम्मा उस पर इसी तरह के फ़िकरे कसती। कहावतें उछाल-उछाल कर बंटी को जख़्मी कर देतीं।

"क्या अम्मा तुम भी दिन भर बड़बड़ करती रहती हो। एक तो दिन भर में मर-खप के, गंधाता हुआ आता हूँ, ऊपर से, तुम ये राग लेकर बैठ जाती हो...अब वो आने को तैयार नहीं तो..."

"तूने फ़ोन किया उसको...मोबाइल तो घर छोड़कर जाता है, क्या खाक बात करेगी वो..."

"क्या चाहती है, मोबाइल लेकर कमोड साफ़ करूँ...गिर गया तो...मोबाइल बजता है तो काम नहीं कर पाता, दिन भर मैडम और साब लोग परेशान किए रहते हैं..."

"ई टुनटुना खरीदा ही क्यों...पैसे बरबाद किए...पैसों की तो किसी को फिकर ही नहीं ईहाँ...पहले शादी में लुटाए..."

अम्मा हाथ नचा-नचा कर बंटी पर भड़क रही थीं।

"चुप हो जा अम्मा...हिम्मत नहीं मुझमें तेरी बात सुनने की, जवाब देने की..."

बंटी का मुँह सूखा हुआ था। घर पहुँचते ही सबसे पहले नहाना चाहता था ताकि दिन भर की फ़ेनाइल, क्लोरीन और कई तरह के डिटर्जेंट की गंध से पीछा छुड़ा सके।

इस समय यही सबसे ज़रूरी काम करना होता है उसे। नहाने के बाद ही वह बंटी से बंटी कुमार बनता है फिर खोड़ा गाँव की गलियों, चौक पर फेरे लगाता है। गोरा-चिट्टा बंटी नहाते ही निखर उठता है। क्या मजाल कि कोई

उसके चॉकलेटी चेहरे और दिलफरेब मुस्कान पर फिदा न हो जाए। उसे इस बात का एहसास था कि वह अपने समाज का सबसे सुंदर लड़का है। पढ़ा-लिखा नहीं तो क्या हुआ, सुंदर तो है। कोई तकनीकी हुनर नहीं है तो क्या, सोसायटी की मैडमों का चहेता तो बना ही हुआ है अपनी मेहनत के दम पर। साफ़-सफ़ाई का जादू और उसका असर बखूबी मालूम है।

पिछले तीन महीने से अम्मा ने जीना मुहाल कर रखा था। रोज़ शाम को घर लौटता तो एक ही रट लगाती, ''बहू को विदा कराके ले आ...नालायक बेटा, नयी-नयी बहू को मायके भेज कर कैसे बेफ़िक्र हो सकता है...''

बंटी उनसे शाम को दो रोटी की उम्मीद करता, वो दो बातें सुनातीं फिर थाली में दो रोटी परोस कर देतीं।

''अब तो टोला-मोहल्ला में बात होने लगी है कि नयी बहू ने बंटी को छोड़ दिया है...अब न लौटेगी...उसे पता चल गया है कि अनपढ़ है इसलिए छोड़ गई तुझे...''

''मैंने कहा था कि लड़की वालों से झूठ बोलो आप लोग...सच क्यों नहीं बताया आपने उन्हें? इतनी ही मेरी फ़िक्र थी तो छोटी उम्र से साफ़-सफ़ाई में क्यों लगा दिया था, पढ़ाया क्यों नहीं...?''

बंटी ने कौर थाली में धर दिया। उससे खाया नहीं जा रहा था। चौक से भरपेट चिकन मोमो खाकर आ गया था। रोटी नहीं खाई जा रही थी।

अम्मा ने रोटी तवे पर ही फुलाई, कपड़े से, और उतार कर बंटी की थाली में रख दी।

''सुनो अम्मा...हमें गरम रोटी न खिलाया करो...कैसरोल में रख दो... शादी में मिली थी, उसे निकालतीं क्यों नहीं...अचार बनाओगी क्या..? थोड़ा अपना स्वभाव भी बदल लो...''

तमतमाये हुए बंटी ने किसी तरह कौर ठूँसा। पानी गटक कर उठ गया। रोटी थाली में पड़ी रही। अम्मा सिर पकड़े बैठी ही रहीं।

बंटी को अपनी कम पढ़ाई का उतना गम नहीं था, जितना कम कमाई का गम था। उसकी कमाई ज्यादा होती तो लड़की इतनी दूर तो न भागती। सिर्फ़ सुंदर चेहरे से क्या होता है...बंटी ने अपने चेहरे पर हाथ फेरा। उसके पूरे समाज में, पूरे खोड़ा गाँव में उसके जितना कोमल और गोरा लड़का कोई तो नहीं था। इसी चेहरे ने तो सुंदर, हरी-भरी गदबदी और पढ़ी-लिखी लड़की दिलाई।

बस जेब भरी होती तो उसके सारे अरमान पूरे कर देता। पैसा कहाँ से लाए। सोसायटी से कुल पगार 6000 रुपये मिलती है, सारा पैसा लाकर पिता के हाथ में रख देता है। पिता ही घर का खर्च चलाते हैं। पिता के पास अपनी कमाई के कुछ पैसे थे, जिसे वे बंटी की शादी में खर्च करना चाहते थे। अपने सुंदर बेटे की धूमधाम से शादी करके अपने अरमान पूरे करने का सपना पाल रखा था। अपनी कमाई में हाथ भी नहीं लगाते थे। बंटी का पैसा घर खर्च में चला जाता था। बंटी का अपना सपना कोई नहीं था। शाम को मोमोज़ मिल जाए और सप्ताहांत में दोस्तों के साथ ठंडी बीयर मिल जाए। अम्मा को घरेलू मदद के लिए बहू चाहिए थी। तेईस साल का बंटी उन्हें अधेड़ लगने लगा था। शादी की देर से वे अधीरज हो उठी थीं। रिश्ते तो बहुत आ रहे थे। पसंद आई उन्हें बुलंदशहर की बारहवीं पास लड़की उजियारी। उजियारी शादी से पहले अपने होने वाले पति से बात करने को बेहाल थी। अपने मोबाइल से बारहा कोशिश की कि किसी तरह बंटी का फ़ोन नंबर मिल जाए। जो नंबर मिला, उसे कभी कोई मर्द या कोई औरत उठाती जिनकी आवाज़ें अजीब होतीं। हैलो के बजाय पूछते...‘‘का है, का बात है, किसको खोज रहे...आदि आदि...’’

इतनी उलझी, भर्राई हुई बेलस्स आवाज़ें होतीं कि उसका दिल बैठ जाता। मन-ही-मन सोचती—जाने कैसा लड़का है, नये ज़माने का होके भी होने वाली पत्नी से बात नहीं करता। जबकि उसकी सहेलियाँ तो शादी से पहले रात-रात भर चैट करती रहती हैं, व्हाट्सऐप पर। फ़ोन पर भी आहें-कराहें सुनी हैं कई बार। रजनी का दूल्हा तो उससे मिलने तक पहुँचे गया था, बाज़ार में। उजियारी को देखने को बंटी के माता-पिता आए और लड़की छेंक कर चले गए। लड़के का फ़ोटो छोड़ गए घर पर। लाल रंग के टी-शर्ट में भोला-भाला लड़का, पीछे दीवार पर अंबेडकर की तस्वीर टँगी थी। फ़ोटो देख कर रोमांस की जितनी कल्पनाएँ कर सकती थी, करती रही। हसीन वादियों में जितना घूम सकती थी, घूमती रही। नौकरी वाला लड़का चाहिए था, मिल गया। उसने सोचा, ‘एक लड़की को और क्या चाहिए...पति स्मार्ट हो, कमाता हो, दिल्ली के पास कस्बे में अपना घर हो। बुलंदशहर से तो अच्छ ही होगा।’ उसकी कल्पनाओं में दिल्ली की सैर भी शामिल थी। मॉल में सिनेमा और हाथ में पॉपकॉर्न।

सुहागरात थी। उजियारी बिलकुल फ़िल्मी अंदाज़ में बैठी थी। बंटी देर रात पास आकर बैठा। भोला-भाला बंटी शर्माता रहा। क्या बोले...क्या बोले...

उजियारी बोली, ''कुछ तो बोलिए...''

बंटी, ''का बोलें...आप पढ़ी-लिखी हैं, आप ही शुरू करिए।''

''अच्छा...!'' उजियारी हौले से हँसी। बाहर हँसी न जाए। मेहमान भरे हैं घर में। कहीं बेशर्म का ठप्पा न लग जाए।

''मेरे लिए गाना गाइए...''

''गाना !'' बंटी ज़ोर से चिल्लाया। उजियारी ने मुँह पर हाथ रख दिया। मेहंदी की खुशबू बंटी की नाक में घुसी। वह हाथ हटा न पाया।

''आप गा नहीं सकते तो गाने की लाइन ही सुना दीजिए, मेरे लिए...कोई शे'र सुना दीजिए...''

वह बच्चे की तरह ठुनक रही थी। ठुनकते हुए वह दमक रही थी। रोल्ड गोल्ड के गहनों की चमक ज्यादा ही तेज़ होती है। गहनों से पूरी लदी हुई थी।

बंटी के माथे पर पसीने आ गए। खोड़ा गाँव में दिन भर तरह-तरह के गाने सुने हैं। कहीं भजन तो कहीं फ़िल्मी तर्ज पर भोजपुरी गाने। फ़िल्मों के गाने उसके कानों में टिकते ही नहीं थे। गानों के साथ वह उतनी ऊँचाई तक खुद को लेकर नहीं जा पाता था। गाने कान में पड़ते और फिसल जाते। मोबाइल में ज़रूर उसके दोस्त ने हाल में रिंग टोन में एक गाना डाला था, उसके बोल याद नहीं आ रहे थे, धुन मस्त थी। वही सुना दे तो जान बचे। लेकिन मोबाइल तो पिता के पास है। तीन लोगों में एक मोबाइल है, जिसे ज़रूरत हो, इस्तेमाल करता था। बंटी फँस चुका था। पहली रात में फ़ेल हो गया तो जीवन भर ताना मारेगी। कभी गुनगुना कर भी उसने अपनी आवाज़ को जाँचा-परखा नहीं था कि कैसी लगती है गाते हुए। पहली रात में गाने का रिस्क कैसे ले। उसके पास दूसरा विकल्प था कि दो लाइन सुनाकर बच सकता था। कोई पहले से बताता कि पहली रात में ये सब करना पड़ता है तो तैयारी करता। किससे फरियाद करे।

वह उठा, ''पेशाब करके आता हूँ...''

और तेज़ी से कमरे से बाहर भागा। उजियारी उसे रोकती तब तक बंटी... ये जा वो जा।

बाहर पिता चौकी पर सोने की कोशिश कर रहे थे। अम्मा आँगन में किसी से बातचीत में लगी हुई थीं। पिता ने चौंक कर बंटी को देखा। आँखों में सवाल उभरे। बंटी उनके पैरों के पास बैठ गया—

''पापा जी, सुहागरात में कौन-सा गाना, गाना चाहिए, वो बोल रही कि गाना गाओ...''

बंटी की सूरत देखकर पापा जी को हँसी आ गई। जाने किस ज़माने का लड़का है। दोस्तों से जो पूछना चाहिए, पिता से पूछ रहा है।

बिना समय गंवाए बोले, ''पहले गाओ...सुहाग रात है, घूँघट उठा रहा हूँ मैं...''

जब घूँघट उठा लो तब गाओ, ''एक रात में दो-दो चाँद खिले...एक घूँघट में, एक बदली में...''

पापा जी ने गाना सुनाकर आँख बंद कर ली कि बेटा कहीं कुछ और न पूछ ले।

बंटी गद्गद कि पापा जी दिन भर कान में तार लगाकर यही गाना सब सुनते हैं। कितना काम आए संकट के समय। बंटी मस्त होकर कमरे में लौटा। उजियारी अपने हाथ में मोबाइल लेकर कुछ देख रही थी।

''क्या हुआ, बड़ी देर लगा दी आपने...?''

''क्या देख रही हो आप, मैं तो मोबाइल नहीं रखता...''

''आप कमाते हो, मोबाइल नहीं रख सकते क्या? आज के समय में कोई इन्सान ऐसा होता है क्या? हमारे मोहल्ले में कामवालियाँ भी मोबाइल रखती हैं...छोटी-सी चीज़ है...कल ले लेना आप...हम दिन भर चैट करेंगे...वीडियो भेजूँगी एक से एक...मस्त वीडियो...मज़ा आ जाएगा...काम में मन भी लगा रहेगा...''

हैरान बंटी, पहली मुलाकात में देर तक मोबाइल के महत्त्व पर भाषण सुनता रहा। गाने के बोल भूल गया और उजियारी ने भी दुबारा फ़रमाइश नहीं की। इतना याद रहा कि उसके हिस्से में दुनियादार, समझदार, सजग चाँद आया है, जिसे सँभालने की औकात अर्जित करनी पड़ेगी। उसका चाँद बहुत सवाल भी पूछता है।

काम पर जाते हुए जब अम्मा टिफ़िन पकड़ा रही थीं तब चाँद ने आकर सीधा पूछ लिया, ''क्या काम करते हो आप, हमें तो अब तक नहीं पता।''

''ऑफ़िस में काम करता हूँ। सोसायटी होती है, उसके ऑफ़िस में...''

''अच्छा, आप ऑफ़िस ब्वॉय हो? वाह...तो स्मार्ट बन कर जाया करो ना...ये क्या कुछ भी पहन कर चले जाते हो...आपके ऑफ़िस में बोलते

नहीं...आजकल तो चपरासी भी बन-ठन कर आते हैं...''

''वहाँ यूनिफ़ॉर्म पहनना पड़ता है...इसीलिए...''

इतना बोलते हुए बंटी घर से निकल गया। एक हफ़्ते की छुट्टी खत्म हो गई थी। एक दिन और लेगा, तो पगार कटेगी और नौकरी भी खतरे में पड़ सकती है।

दिन भर सफ़ाई का काम निपटाते-निपटाते बंटी तरह-तरह के रुमानी ख़यालों में खोया रहा। शाम का इंतज़ार था बेताबी से। जीभर बातें जो न हुई थीं। एक रात नाकाफ़ी थी। यही रफ़्तार रही तो कई रातें लगेंगी बातें निपटाने में। पहली बार उसे मोबाइल की तलब लगी। मोबाइल होता तो दिन में बातें करता। मन-ही-मन उपाय सोचने लगा। सलामी में कुछ पैसे ससुराल से चलते समय मिले थे, अम्मा को बेकार दे दिए। इस महीने की पगार से कुछ पैसे रख लूँगा और दो महीने में मोबाइल के लायक पैसे हो जाएँगे। इन्हीं सब सोच में खोया रहा बंटी और उसके संगी छोटन ने दिन भर छेड़ा। काम निपटाकर लौटते हुए सोसायटी में कल्याणी मैडम टकरा गईं जो बदहवास-सी चीख रही थीं।

कार पार्किंग के बाहर नाली के ढक्कन की तरफ़ इशारा करके चीख रही थीं। गार्ड, सुपरवाइज़र भाग कर उधर जा रहे थे। तभी किसी ने बंटी को पुकारा। छोटन चुपचाप माहौल देखकर खिसक गया। बंटी अनदेखा न कर सका। कल्याणी मैम अक्सर उसे टोका करती हैं। शादी के बारे में पूछती रहती हैं। ज्यादातर मैडम तो डाँटती, चीखती मिलती हैं, सफ़ाई को लेकर। कल्याणी मैम की कार की चाबी उँगलियों से फिसल कर नाली में गिर गई थी। ढक्कन के ऊपर छेद था जिसके ज़रिए चाबी नीचे गंदे पानी में चली गई थी। सब बंटी की ओर उम्मीद भरी निगाह से देख रहे थे। बंटी समझ गया। उसने टी-शर्ट उतारी, नाले का ढक्कन परे ढकेला और हाथ डाल दिया, काले पानी में। कल्याणी मैम बड़बड़ा रही थी, ''मिल जा चाबी...मिल जा...हे भगवान...खोज दे बंटी...जो माँगेगा दूँगी...एक ही चाबी थी...गिर गई...नहीं मिली तो बहुत झंझट हो जाएगा, मेरे हसबैंड तो मुझे मार ही डालेंगे...''

कई लोग आस-पास जमा हो गए थे। सब तमाशा देख रहे थे। हाथ पूरा अंदर गया, चाबी न मिली। बंटी हताश हो गया। कल्याणी मैम का उतरा हुआ चेहरा देखकर उसे दया आ गई। उससे न रहा गया, सीधा नाले में उतर गया। पैंट पहने हुए ही, कीचड़ में धँसता चला गया। कोशिशें कई बार रंग लाती हैं। बंटी

सफल रहा। रिमोट वाली चाबी कीचड़ में लिथड़ी हुई लेकर ही बाहर निकला। कल्याणी मैम खुशी से जो उछली, पूरी सोसायटी गूँज गई। चाबी लेकर बंटी पानी से धोने के लिए क्लब के पास लगे नल की तरफ़ भागा। चाबी लेते ही कल्याणी मैम वहाँ से ऐसे भागीं जैसे पीछे चीता लगा हो। बंटी उनकी खुशियाँ देखकर मुस्कुरा पड़ा। पीछे से छोटन आया, ''बिना कुछ दिए ही चली गई, तू खामखां जान देने पर तुल जाता है। जा घर पे, महकेगा तो बीवी थूक देगी।''

बंटी नल के पानी से पैर और कपड़े जितना धो सकता था, धोता रहा। 'शादी में मिले इत्र किस दिन काम आएँगे...' सोचता हुआ बंटी घर को चला।

देर तो हो ही गई थी। कमरे में मोबाइल पर खेलती हुई उजियारी मिल गई थी। आँगन में कपड़े बदल कर ही वह भीतर जाने का जोखिम उठा सका था।

''मोबाइल होता तो दिन भर कित्ता मजा आया न...हम बोर होते रहे...एक से एक वीडियो आया है, भेजते आपको...''

''जल्दी खरीद लेंगे...तुम्हारी खातिर...''

''अच्छा...हमारा नंबर किस नाम से सेव करोगे...उजियारी, उजली, उज्जी...वाइफ या... ?''

''सिरदर्द नाम से। हमारा सुपरवाइज़र बीवी से परेशान रहता है, इसी नाम से सेव किया है''...बंटी हँसने लगा। ''रिंग टोन भी डरावना लगा रखा है। हम लोग उसका बहुत मज़ाक बनाते हैं...''

उजियारी आँखें फाड़-फाड़ कर बंटी को हँसते हुए देख रही थी। हँसते हुए सुंदर चेहरा इतना अजीब-सा क्यों दिखता है। ये महक कैसी आ रही है...

उसे उबकाई आई।

''आप क्या करके आए हैं, ऑफ़िस के काम में बदबू होता है क्या? जाइए...नहा-धो के आइए...''

''अरे...हमसे बदबू नहीं आ रही...तेज़ हवा चलती है तो गाजीपुर के कूड़े की बदबू इधर आ जाती है।''

बंटी की हँसी रुक गई थी। वह यकायक सकपका गया था।

''सुनो जी, मेरी दो डिमांड हैं, माने माँग हैं, आपको पूरी करनी होंगी... फिर आगे कोई बात होगी, हाँ...''

घबराए हुए बंटी ने नई नवेली पत्नी को सवालिया निगाह से देखा। जाने क्या बोलेगी।

‘‘हमें आपका ऑफ़िस देखना है, वहाँ ले चलो। दूसरी बात ये कि...’’ वह बोलते-बोलते अटकी।

‘‘मुझे हनीमून पर जाना है। नैनीताल। जल्दी...मेरी एक और सहेली वहाँ परसों पहुँच रही है पति के साथ हनीमून के लिए...हम साथ मनाएँगे...कितना मज़ा आएगा ना...बोलो...चलते हो...फ़ोन करूँ उसको...’’

और फ़ोन बज ही उठा। बंटी वहीं चकरा कर ज़मीन पर बैठ गया। उसे अंदाज़ा था कि एक-न-एक दिन भेद खुलेगा ज़रूर लेकिन इतनी जल्दी...ऑफ़िस का मसला तो मैंनेज हो जाएगा, ये दूसरी मुसीबत...कैसे झेले। कहाँ फँसा दिया पापाजी ने...बिरादरी में अपनी झूठी शान के लिए सारे पैसे खर्च कर डाले, इकलौते बेटे की शादी का बड़ा अरमान था...लो देखो...असली बैंड अब बजने वाला है...कितना मना किया था कि रिसेप्शन पार्टी मत करो...बड़ा शौक चढ़ा था ना...अब भेजो हनीमून...।

उजियारी, सखि से फ़ोन पर बात करती हुई दूर चली गई थी। बंटी ने खुद को किसी तरह समेटा और बाहर निकल गया। शादी से पहले जैसी शाम पसंद थी, उसी तरह किया। खोड़ा चौक पर मोमोज़ खाये, राजू ने एक केन बीयर पकड़ा दी, उसे नाले के पास बैठकर गटक गया। पान पराग चबाता हुआ देर रात घर में घुसा। पूरी तरह टाइट था किसी भी प्रकार के हमले के लिए। सारी शाम पैसे का हिसाब लगाते गुज़री थी। पगार मिलेगी तो पापाजी के हाथ में देना होगा। न दी तो जाने घर में क्या कलह हो। अम्मा जाने क्या तोहमत लगाएँ। हनीमून का खर्चा कहाँ से आएगा। होटल का खर्चा, टिकट का खर्चा, खाने-पीने का...फिर बोलेगी, खरीदारी करवा दो...बाप रे...सोच-सोच कर बंटी का खून सूख गया था। पैसा जमा करने के लिए मोहलत चाहिए। लेकिन हनीमून तो शादी के तुरंत बाद ही मनता है। दो-तीन महीने बाद क्या हनीमून। माथा ठोका—शादी से पहले इस बारे में क्यों नहीं सोचा था। उसे अपनी गलती का एहसास होने लगा था। अकेले क्या करता। कोई बताने वाला भी तो नहीं था। सफ़ाई के अलावा कुछ और सोच ही न सका था। कैसे फ़र्श चमकाना है, कैसे बाथरूम, कमोड साफ़ करना है, कैसे सफ़ाई मशीन चलानी है, यही तो सीखा है, जब से होश सँभाला है। पिता सरकारी सफ़ाई कमर्चारी थे, काम जल्दी छूट गया, स्वास्थ्य की वजह से। बेटा पढ़ा-लिखा नहीं तो थक-हार कर अपने साब से कह के हाईवे पर बनी नयी सोसायटी में नौकरी लगवा दी। बंटी खुश था।

मस्त था। संगी-साथी अच्छे मिले थे। साब और मैडम लोग भी उसे पसंद करते थे। सबकी मदद कर देता था। कोई बुलाए तो दौड़ा चला जाता था। बदले में कुछ पैसे मिल जाते थे, उन्हें शाम की तफ़रीह में उड़ा दिया करता था।

पहले अंदाज़ा होता कि हनीमून सिर पर भूत की तरह सवार होगा तो पैसे बचाना शुरू करता। अब इस भूत से बचे कैसे। देर रात घर में घुसा तो माहौल शांत था। उजियारी सो चुकी थी। बंटी को नैनीताल की हवा आने लगी थी। खोड़ा गाँव और दिल्ली छोड़ कर कहीं पहाड़ पर गया नहीं था आज तक। खोड़ा गाँव के लौंडों ने कितनी बार प्रोग्राम बनाया, पैसे देने की बारी आती तो बंटी पीछे हट जाता। जेब में पैसे हों तब जाए ना। कभी इतने पैसे हुए नहीं कि नैनीताल जा सके। नैनीताल उसकी चेतना में तभी से बना हुआ है। अब पत्नी ने भी हनीमून के लिए नैनीताल को ही चुना। नैनीताल में ज़रूर कोई बात होगी। जाना तो चाहिए। लेटे-लेटे बंटी उठ बैठा। पैसे का इंतज़ाम। कितना लगेगा। बीस-पच्चीस हज़ार तो पास में हों। इतने कहाँ से आएँगे। सोसायटीवाले इतना पसंद करते हैं, अगर थोड़ा-थोड़ा सबसे उधार माँग ले तो...मगर चुकाएगा कैसे...?

तनाव छाने लगा। बाहर की गरम हवा ने नैनीताल की ठंडी हवा को अपदस्थ कर दिया था।

अगले दिन उजियारी का मुँह उतरा हुआ था। मायके जाने की घोषणा हो चुकी थी, जिसमें पूरे परिवार की रज़ामंदी थी। पहली विदाई थी, सो कुछ दिन के लिए जाना था फिर आना था। बंटी कोई वादा न ले सका। उजियारी का मोबाइल नंबर एक कागज़ पर लिखवा कर रख लिया। पापाजी के मोबाइल में उजियारी अपना नंबर सेव कर गई थी। उजियारी के जब फ़ोन आते तो वह काम पर रहता। देर रात वह फ़ोन करती नहीं। अम्मा से बात करके हाल ले लेती। अम्मा दोनों के बीच संदेशवाहक बन कर रह गई थीं।

कुछ दिन बाद उजियारी के फ़ोन आने बंद हो गए। बंटी को लगा, अब कुछ करना पड़ेगा। उजियारी का नंबर लेकर सीधा कल्याणी मैम के पास पहुँच गया। कल्याणी उसकी हालत देख, सुन कर हँसती रही देर तक।

''बंटी, तू घरों में काम क्यों नहीं पकड़ लेता, सुबह थोड़ा जल्दी आया कर, शाम को देर से जाया कर, बीच में लंच ब्रेक में मेरा घर पकड़ ले, हम तो खोज रहे कि कोई हमारे चारों बाथरूम रोज़ साफ़ करे...कामवाली ने मना

कर दिया है...खुद से होता नहीं...करेगा बोल...चार बाथरूम के अच्छे पैसे मिल जाएँगे महीने के महीने। दो-चार घर और पकड़ लेना...अच्छी कमाई हो जाएगी...''

बंटी को बात जँच गई। कुछ बोलता इसके पहले कल्याणी बोल पड़ी, ''तुझे मोबाइल दिलवा दूँ तो कैसा रहेगा...बोल...बात ही तो करनी है ना बीवी से...महँगे फ़ोन का तू करेगा क्या..तेरे लायक फ़ोन तो मैं कभी भी दिलवा दूँ... बोल...आज से करता है काम शुरू...''

''मैम जी, एक रिक्वेस्ट है आपसे...मैं अपनी वाइफ़ को लाऊँगा आपके पास, बस उसे ये न बताना कि मैं घरों में या सोसायटी में सफ़ाई का काम करता हूँ,'' बंटी गिड़गिड़ा रहा था।

''उसे नहीं पता कि तू क्या काम करता है। कैसे शादी कर ली उसके घरवालों ने। बिना पता किए...तू जिस समाज से आता है, उसमें सफ़ाई का काम तो पुश्तैनी है, इसमें बुरा क्या है, क्यों छुपाया उससे...ये तो सरासर धोखा है...कैसे छुपेगी बात...एक-न-एक दिन जान ही जाएगी...फिर...''

''तब की तब देखी जाएगी। वो ऑफ़िस आने की ज़िद कर रही थी। उसकी एक माँग तो पूरी कर दूँ। आप सँभाल लेना मैम जी। हमने लड़की वालों को सफ़ाई का काम नहीं बताया था। मेरे कम पढ़े-लिखे होने की बात तो उन्हें मालूम है, लेकिन ये नहीं मालूम...जुल्म हो जाएगा...पापाजी को कितना समझाया, वे माने ही नहीं, अपनी चलाते हैं...फँसा कौन, मैं ना...आप बात सँभाल लेना मैम जी...''

''कोई काम छोटा या बड़ा नहीं होता बंटी, ये बात तुझे अपनी बीवी को समझानी चाहिए और ये बात पहले करनी चाहिए थी...''

कल्याणी मैम की बात कौन सुने। कोई और धुनकी लगी थी।

बंटी को अब नया टारगेट मिल गया था। चार चक्का...यानी प्राइवेट गाड़ी लेकर जाना होगा बुलंदशहर तब आएगी मैडम उजियारी। मायके में धाँस दिखानी है। हनीमून न जाने का जो घाव है, उस पर मरहम है चार चक्का। अब पहले चार चक्का के लिए पैसे जुटाए। उसे घर लाए फिर बाकी चीज़ें सोचे। कल्याणी मैम उसे पथप्रदर्शक की तरह लगीं। काम शुरू करने से पहले उसने सारी बातें सच-सच उगल दीं उनके आगे। उसे उम्मीद थी, कल्याणी मैम दुख से भर उठेंगी। वे तो पेट पकड़ कर हँसे जा रही थीं...

''बंटी तेरा हनीमून...कहाँ घुस गया रे...तेरा क्या होगा...तेरी तो बीवी गई...क्या ज़रूरत थी, पढ़ी-लिखी लड़की से शादी करने की, जब तू खुद अँगूठाछाप है...मोबाइल पर एक नंबर तक तो तू सेव कर नहीं सकता...अब भुगत...''

''मैम जी...'' बंटी रुँआसा हो गया।

''कितने पैसे लगेंगे गाड़ी से जाने-आने के...पता करके आ...मैं इंतज़ाम करती हूँ...सी ब्लॉक में तीन फ़्लैट और हैं, जहाँ तुझे यही काम करने हैं, हम सब तुझे एडवांस दे देंगे...जा, बीवी को ले आ पहले...पता करके कल बता,'' कल्याणी मैडम गंभीर थीं।

सेकंड हैंड नोकिया का मोबाइल लेकर बंटी बहुत उत्साहित नहीं था। पहले चैन से काम करता था, अब दिन भर सोसायटी के लोग उसे ढूँढा करते हैं, फ़ोन करते हैं। सिर्फ़ एक ही फ़ोन नहीं आता जिसके साथ शर्तों में बँधा है। वह कुछ दिन बाद ऊब गया, मोबाइल घर पर छोड़ कर काम पर जाने लगा। शाम को चौक पर भी मोबाइल नहीं ले जाता। आदत जो नहीं थी न ही किसी का इंतज़ार था। तीन ही महीने तो हुए थे। अम्मा रोज़ रात को खाना खाते समय झाड़ लगातीं, पापाजी घूरते रहते कि कैसा नालायक निकला, जिसकी शादी में सारे पैसे डुबा दिए, उससे एक बीवी न सँभाली गई।

उस रोज़, कल्याणी मैम के यहाँ पहुँचा तो वे खासी नाराज़ थीं। मोबाइल पर कॉल कर रही थीं कि बंटी जल्दी आकर काम कर जा, दो दिन के लिए घर बंद करके जाना था। बंटी मोबाइल उठाए तब ना। कल्याणी मैम ने डाँट के बाद उसके हाथ में दो हज़ार रुपये पकड़ाए।

''ये ले बंटी, चारों घरों से ये पाँच-पाँच सौ एडवांस मिले हैं, बाकी काम के बाद, इतने में गाड़ी भाड़े पर आ जाएगी। बुलंदशहर कौन-सा बहुत दूर है,दो घंटे का तो रास्ता है, इस बीच हम बाहर हैं, दो दिन के भीतर तक उसे लिवा ला...तेरी तकलीफ़ देखी नहीं जा रही...आज ही निकल जा वहाँ...''

बंटी ने पैसे लेते हुए हिसाब लगाया, वो अब तक जान चुका था कि दो हज़ार कम पड़ेंगे।

शाम को उसने रोज़मर्रा वाले दोस्तों को चौक पर बुलाया। उनसे थोड़ा-थोड़ा उधार लेकर काम चल जाएगा। कल ही सुबह निकल लेगा बुलंदशहर, चार चक्का लेकर। उजियारी बाट जोह रही होगी। वहाँ से नैनीताल...

सपनों में खोया बंटी दोस्तों के बीच उधारी की माँग रख रहा था। छोटन, रवि, पल्टू सबने माथा ठोक लिया।

''अब्बे, तू पागल हो गया है, चार दिन की आई बीवी के लिए अभी से उधारी कर रहा है...निकाल पैसे...तू अभी झुक गया उसकी माँग के आगे तो सारा जीवन नचाएगी...आज हनीमून कह रही है, कल को कहेगी—समर वैकेशन चलते हैं...गोवा चलते हैं, मनाली चलते हैं, पासपोर्ट बनवाओ, थाईलैंड...हो हो हो...''

''हम अपने भाई को जोरू का गुलाम नहीं बनने देंगे...निकाल पैसे, कल्याणी मैम ने जो दिए...तू मर्द है कि क्या है...ज़ोर से डाँट कर बोल कि सीधा घर लौट आए, नहीं तो पड़ी रहे वहीं ज़िन्दगी भर...एक डाँट में सीधी हो जाएगी...देखना...बड़ी क्वीन बनी फिरती है...छोड़ गई ना तुझे...भूल जा उसे... वो ना हाथ आने वाली...''

बंटी जैसे-जैसे दोस्तों के प्रवचन सुनता जा रहा था, उसके भीतर का सोया हुआ शेर जागने लगा। ठीक ही तो कह रहे हैं दोस्त यार...ये कोई शर्त होती है कि चार चक्का से ही लेने जाऊँ और उनके हिसाब से हनीमून मनाऊँ। वो भी उस औरत के लिए जो पूरे मोहल्ले में बदनामी करा रही है।

बंटी ने जेब से सारे पैसे निकाले और दोस्तों के सामने रख दिए। फिर तो देर रात तक दावत चली। बंटी को लगा, अब वो फ़ैसले लेने लायक मर्द बन चुका है और उसका काम शासन करना है, शासित होना नहीं।

सोचते-सोचते बंटी की गर्दन में अकड़ आ गई थी। हल्के झुके हुए कंधे को थोड़ा सीधा किया। चाल में भी मर्दानी ठसक थी।

जो होगा देखा जाएगा...सीधे कोर्ट में मिलेंगे...लेकिन उसकी माँग के आगे झुक गया तो दोस्तों और समाज के सामने नाक कट जाएगी। हौले से अपनी पतली नाक को सहलाया। तभी कान बजने लगे—दग़ाबाज़ रे...तोरे नैना...

उसने दोनों हाथों से कान बंद कर लिए, कान बंद करते ही आत्मा के कपाट भी बंद हो गए।

खोये सपनों का द्वीप

तपते हाथों से लैपटॉप पर फ़ेसबुक लॉगिन किया। दो दिन से कुछ भी करने का मन नहीं। जाने कहाँ से इतना ताप चढ़ आया था कि बेसुध थी। न व्हाट्सऐप देखा था न फ़ेसबुक। न मैसेंजर। जैसे ही अपने वॉल पर गई, नोटिफ़िकेशन आने शुरू। जितने पोस्ट अनजान लोगों ने उसे टैग किए थे। इतने पहले कभी नहीं। तकिये की टेक लेकर बैठ गई।

ओह...सारे पोस्ट पढ़ते ही रूह काँप गई। साइड टेबल से बोतल उठाई और गट-गट सारा पानी पीती चली गई। हलक सूख गया था।

तुरंत मैसेंजर खोला...वहाँ संदेश जैसे झड़ने लगे। बाँध टूट पड़ा हो मानो। संदेशों का ऐसा सैलाब पहले तो कभी न आया। वो बहुत पॉपुलर भी नहीं थी फ़ेसबुक पर और न कभी किसी विवाद में पड़ती थी। कभी-कभार कुछ लिख दिया, फ़ोटो पोस्ट कर दी। कुछ ही दिन पहले रजत के साथ एक प्यारी-सी तस्वीर डाली थी। खूब लाइक और कमेंट आए थे। फ़ेसबुक उसके लिए मन बहलाव का साधन नहीं था न ही कोई सैरगाह जहाँ हर शाम टहलने जाया करे। बुखार से तपते हुए ज़रूर मन बहलाने के लिए उधर का रुख किया था और बदले में झड़ने लगा था ढेर सारा दुख।

नागपुर की एक लड़की पम्मी सारंग ने कुछ स्क्रीन शॉट के साथ लंबी पोस्ट लिखी थी, जिसके नीचे पाँच सौ कमेंट थे। दुख, घृणा और दुत्कार से भरी हुई पोस्ट। कुछ पल के लिए बुखार उतर गया था। एक के बाद एक वह तमाम टैग खोलती गई, मैसेंजर पर आए संदेश पढ़ती गई...ज्यादातर मैसेज युवा लड़कियों के थे। सब उसे नसीहत दे रही थीं और रजत से सावधान रहने की चेतावनी भी। रजत को लेकर कभी उसने कोई खुलासा नहीं किया था। बस एक तस्वीर थी जिसमें दोनों बहुत मस्त, खुश दिखाई दे रहे थे। दुनिया ने इसी से पता लगा लिया था।

पम्मी सारंग के खेमे की लड़कियों ने और कुछ उसकी मित्र सूची की लड़कियों ने रजत को लेकर जो-जो बातें कीं, सबूत के साथ, आशना का फ़्यूज़ उड़ गया। दिमाग ने काम करना बंद कर दिया, वह स्क्रीन शॉट भी ठीक से न पढ़ सकी कि उसमें आखिर रजत ने कहा क्या है...

वह जवाब लिखना चाहती है, एक पोस्ट लिखना चाहती है कि उसे इस मामले में क्यों घसीटा जा रहा है...मुझे बख़्श दो...

लेकिन बच के कहाँ जाएगी...जिन अदृश्य छायाओं से बचना चाहती है, वे बाहर भी सदेह मिलती हैं। दो दिन से तो निकली नहीं, इसलिए दुनिया का पता नहीं। मोबाइल पर कुछ परिचितों के मिस्ड कॉल पड़े हुए थे। किसी का कॉल नहीं उठा सकी थी। इतनी ताकत कहाँ बची थी। पहले बुखार ने तोड़ा और अब इस दुख ने। दुख कुछ लिखने कहाँ देता है। उसे गहरा एहसास हो रहा है कि दुख की स्मृति बहुत उर्वर है। अभी तो स्मृति भी नहीं है। स्मृतिविहीन समय में सन्नाटे चीखते हैं। या पीछे छूट गए विलापों का कोरस। कुछ यादें चटकती हैं। जितना पढ़ना था, पढ़ चुकी। अब तो आँखों पर रह-रह कर स्याह परदा गिर पड़ता है।

''यह समय कैसा है...! कुछ और बातें क्यों नहीं करता? जब भी तेज क़दम चलने लगती हूँ, मुझे स्थगित कर देता है समय। मुझे हक नहीं कि समय के साथ चलूँ या समय से पहले। समय को ही नागवार गुज़रना है। मेरा क़ाफ़िला छितरा गया है।'' रह-रह कर बड़बड़ा उठती है आशना।

उसे खुद को समेटने में वक़्त लगेगा। आँधी कुछ ज़रूरी चीज़ें उड़ा ले गई, वक़्त के पार। वे कभी नहीं मिलेंगी। धूल में अपने को खोज रही है, अपनी ज़रूरी चीज़ें भी। मिलेंगी क्या? यह खोज अकेली होती है...अपने को खोजना, अपने ही बियाबान में। उसमें कुछ भी नया नहीं, कोई बौद्धिकता नहीं। कोई समझ नहीं। किसी विमर्श में कुछ जोड़ा नहीं। उसके पास कोई विराट विरासत भी नहीं, ज़िन्दगी के फोड़े के अनुभवों और सघन मेहनत के। उसके पास अपार सुविधाएँ भी नहीं कि सबका भला कर सके और न इतनी छूट कि सबसे हहरा कर मिल सके, सबके लिए खिल सके। वह अपने मन की मौजी है, मस्त मलंग है, पूर्वजन्म की योगिनी है। टिमटिमाती हुई भोर का तारा है। उसे औसतपन के साथ एक मलंग ज़िन्दगी जीने का हुनर ज़रूर आता है।

फिर कौन लगा गया उसे ठिकाने? क्यों भटक रही है मृगमरीचिका में? लगता है ताप का असर है।

उसने पहली बार देखा था अपनी देह को भट्टी में बदलते। उसने पहली बार सहायता के लिए करुण गुहार लगाई थी। पहली बार ज्वर की अवस्था में दुनिया का ठंडापन देखा और वह सिहर गई। बहुत कुछ उसके साथ पहली बार हो रहा था। उम्र ही क्या थी, जीवन शुरू हुआ है तो पहली बार ही सामना होगा। सुख-दुख की ज्यादा स्मृतियाँ नहीं थीं। मोकामा जैसे कस्बे से शहर आई थी, उम्मीदों की पोटली लिए। एकदम से अलग दुनिया थी। वहाँ एक आवाज़ लगाओ तो तेरह लोग दौड़े चले आएँ, यहाँ चीखो तो अपनी ही आवाज़ें दीवारों से टकरा कर लौट आती हैं। दुख से ज्यादा साबका पड़ा नहीं था। सुख को बहुत करीब से चखा नहीं था। एक ज़िन्दगी थी जिसे अपनी शर्तों पर जीकर गुज़ार देना था। वही चाहत खींच लाई थी शहर दिल्ली। यहाँ आने से पहले अक्सर सुना करती थी कि मुसीबत पड़ने पर छाया भी साथ छोड़ जाती है। उसे घटित होते देख रही थी। आँखें फटी हुई थीं, हथेलियों में मोबाइल दहक रहा था। रह-रह कर मोबाइल में मैसेज की चमक उठती। वह रजत को किसी तरह सूचित करना चाह रही थी कि बाक़ी बचा हुआ असाइनमेंट नहीं पूरा कर पाएगी। कोई और इंतज़ाम कर ले।

दहकती हुई हथेली से मोबाइल पर रजत का नंबर तलाशना चाह रही थी, आँखें धुँधला रही थीं। शायद दहक ने भाप भर दी हो आँखों में। ऐसी हालत तो कभी नहीं हुई।

रजत, उसका सीनियर अक्सर उसे छेड़ता, ''तू कभी बीमार नहीं पड़ती, तुम बिहारी लोग गाँव का बिना खाद-पानी का शुद्ध अन्न खाए होते हो। हम दिल्लीवाले तो सब्ज़ी भी रंगी हुई खाते हैं, जल्दी बीमार पड़ते हैं, जल्दी बूढ़े होते हैं और जल्दी मर जाते हैं।''

वह मचल कर कहती, ''रे बाबा, कौन पड़े बीमार यहाँ, बॉस कहते हैं, बुखार में छुट्टी नहीं मिलेगी, मुझे यक़ीन नहीं इस पर। सब बहाने बना कर छुट्टी लेते हैं...!''

वह बॉस की आवाज़ की कॉपी कर रही थी। रजत हँस पड़ा। उसने याद दिलाया, ''देखा नहीं, शिफ़्ट इंचार्ज कैसे एक दिन मुँह में थर्मामीटर दबाए ऑफ़िस आ गया था और फिर बॉस ने फटकार कर भगाया। उसने सीधा थर्मामीटर मुँह से निकालकर टेबल पर धर दिया था...!''

दोनों हँसते रहे देर तक। ये बॉस भी ना अजीब प्राणी होते हैं। न बीमार

पड़ते हैं, न दूसरों को पड़ने देते हैं। उसका बॉस हेल्थ को लेकर कुछ ज्यादा ही सजग है। ऑफ़िस में कितना भी काम हो, शाम को लोदी रोड वाक पर निकल जाएगा। दिन में लंच नहीं करेगा। और भी क्या-क्या जतन।

आशना को क्या? बिना कुछ किए ही फ़िट है। बुखार कभी आया नहीं। झूठ बोला गया नहीं। इसीलिए उसको अक्सर लगता कि बुखार रोमांटिक अवस्था है, जिसमें कुछ दिन आराम के मिल जाते हैं और सेवा भी हो जाती है। साथी हाल-चाल पूछते हैं। चेहरे पर चमक आती है सो अलग।

ऐसे तो रोज़ हाल पूछते हैं, ''हाऊ आर यू?''

आशना को अजीब लगता जब वह किसी दिन कहती, ''नॉट फ़ाइन।''

हाल पूछनेवाला नोटिस ही नहीं करता, जवाब सुनने से पहले दफ़ा हो जाता। ये क्या बात हुई? हाल पूछा है तो सुन भी लो एक बार। नहीं सुनना तो पूछते क्यों हो भाई? बड़े नक़ली लोग हो यार।

वह बड़बड़ाती हुई अपने डेस्क की तरफ़ बढ़ जाती। इससे बेहतर तो रजत था कि पहली ही बार हिन्दी में पूछा, ''क्या हाल-चाल है?''

आशना ने जवाब दिया, ''हाल ठीक है, चलूँगी तो चाल देख लेना।''

आशना का ठस्स-सा जवाब सुनकर रजत हँस पड़ा, ''वाह मोहतरमा... चलिए-चलिए...चाल तो अब रोज़ देखेंगे। हाल सुना दिया करिएगा...मेहरबानी होगी...आखिर हमें काम तो आपके हाल से ही लेना है ना...!''

हर रोज़ हाल पूछने वाला रजत गायब था। मैसेज करने के बाद भी कोई जवाब नहीं। इस बार सचमुच वह बुखार में है और रजत को यकीन नहीं कि कस्बाई लड़की भी कभी बीमार पड़ सकती है। मैसेज में साफ़ लिखा था, 'मैं इस वक्त हाई फ़ीवर में हूँ, मन कर रहा, कोई मेरे सिरहाने हो...कोई दवा दे-दे...अकेले कमरे में दम घुट रहा है, दीवारें तक तप गई हैं...।' कितने निर्मम लोग हैं...जब ठीक होकर दफ़्तर जाऊँगी तब कैसे सामना करेगा...देखूँगी किस मुँह से पूछता है, हाउ आर यू...?

रजत की तरफ़ से सन्नाटा। कोई जवाब नहीं। फ़ेसबुक पर भी डि-एक्टिवेट था।

बेड पर लेटी हुई बुखार से कराहती रही। मन हुआ इसी हालत में सड़क पर निकल जाए और फुटपाथ पर बैठकर आने-जाने वालों को निहारे। लोग तो दिखेंगे कम-से-कम...कमरे की दीवारें दबोच लेंगी...

तपती हुई देह लेकर घिसटती हुई खिड़की तक गई। नयी बस्ती थी, बसावट कम थी। सस्ते घर मिल रहे थे, अपने लिए स्टूडियो अपार्टमेंट ढूँढ़ लिया था। दिल्ली से लौट कर जब शाम को घर आती तो नोएडा एक्सटेंशन का इलाका बहुत शांत लगता। डेस्क पर शिफ़्ट ड्यूटी थी, ज्यादातर सुबह की शिफ़्ट लेती ताकि शाम को जल्दी घर पहुँच सके या दोस्तों के संग गप्पें मारने मंडी हाउस जा सके। सब नया-नया था। उसे अलग किस्म की आज़ादी और व्यवहारगत खुलापन भा रहा था। बहुत पीछे छोड़ आई थी अपनी बंद दुनिया को जहाँ उसे खुलकर जीने की आज़ादी नहीं थी, जहाँ अपनी भावनाओं को हर वक्त काबू में रखना पड़ता था। यहाँ आते ही अच्छी नौकरी और रजत जैसा साथी मिल गया था। दोनों आपस में बहुत खुले थे, संकेतों में भावनाओं का आदान-प्रदान जारी था। खुलकर दोनों पक्षों ने इज़हारे हाल नहीं किया था। सब कुछ हौले-हौले चल रहा था। रजत के संवादों से वह अपने लिए ऊर्जा बटोर लेती थी। तीन दिन से बुखार में पड़ी है और रजत का कहीं अता-पता नहीं है। उसे इस वक्त रजत की तलब ज़ोर से महसूस हो रही है। दुख से दोहरी हो गई है।

सितंबर का महीना कुछ ज्यादा ही ज़ोर से बरस रहा है। सावन सूखा, भादो गीला। ग्रेटर नोएडा जाने वाली सड़क खाली थी। दोनों तरफ़ घने वृक्ष थे जो बारिश में भीग रहे थे। हवा तेज़ थी।

वह बुखार में ही निकल पड़ी...कोई आवेग उसे खींच रहा था। सामने काली चमकीली सड़क थी, खुरदुरी-सी, बारिश की बूँदें उससे टकरा-टकरा कर बिखर रही थीं। लगभग खाली सड़क पर कोक का एक खाली, पिचका हुआ केन हवा और बूँदों से इधर-उधर हिचकोले खा रहा था। इस घनघोर बारिश में वह कोक के खाली केन को पैरों से ठोकर मारना चाहती है, ताकि वह सीधे रजत के मुँह पर जा लगे।

वह ज़ोर से चीख़ना चाहती थी—मेरी हत्या हो गई है, मैं अपने क़ातिल को ढूँढ़ रही हूँ। लोगो...सुनो...मेरे क़ातिल को खोजो...उसे मेरी हत्या की सज़ा दो...बारिश के शोर में उसकी चीख दब कर रह गई। अब जिन लोगों को पुकार रही है, वो कोई मदद नहीं कर पाएँगे। कायर भीड़ सिर्फ़ तमाशा देखती है, नारे लगाती है, झूमती है, लूटती है और हत्या कर देती है। ऐसी भीड़ को क्यों बुलाना।

फिर किसे बुलाए ? बारिश में आँखें नहीं खुल रही थीं। जैसे-जैसे आगे बढ़ती जा रही थी, बारिश के झोंके चेहरे और बदन पर तेज़ होते जा रहे थे। जैसे पानी ढोती हुई घटाएँ उसके सिर पर सवार थीं। सड़क पर पानी भरने लगा था और गाड़ियों की आवाजाही बिलकुल बंद हो गई थी। पैरों से पानी को छपछपाते हुए और तरबतर होती रही। बारिश ने इलाक़ा वीरान कर दिया था। सफ़ेद कोठियाँ और बहुमंज़िला इमारतें बाहर से शांत थीं, भीतर हलचलों से भरी होंगी। वह अकेली शॉपिंग कॉम्पलेक्स तक जाना चाहती है...वहाँ वीरानगी न होगी। उसे राहत इतनी थी कि बारिश में गीले उसके बदन को कोई घूरने वाला नहीं था। हैरान और कामुक आँखें नहीं थीं। इस जगह का चयन किया क्यों था ? भीगने का प्रोग्राम तो मंडी हाउस इलाक़े में ज़्यादा बेहतर न होता। वहाँ जान-पहचान के लोगों के टकराने की आशंका थी। उसे अकेले छटपटाते हुए भीगना था और खूब रोना और गालियाँ बकनी थीं। यह सब उसकी प्लानिंग का हिस्सा था। इंडिया गेट की भी याद नहीं आई उसे जहाँ सर्द रातों में आईसक्रीम खाते और किन्नरों की तालियाँ सुनते थे। तब उसका साथ था, सबसे अलग, सबसे गरम। आवेग से भरा हुआ। कृषि भवन से शाम को छूटते ही पहले इंडिया गेट की सैर और फिर अपने-अपने ठिकाने।

अभी दिल्ली में तीन वर्षा ऋतु ही गुज़ारी हैं लड़की ने, पहला साल नगर को समझने में निकल गया, दूसरा तालमेल बिठाने और प्रेम में पड़ने और तीसरी वर्षा आते-आते बादल ही फट गए जीवन में।

कितना छलिया है रजत ! शब्दों का जादूगर, जो भावनाओं से लहरों की तरह खेलता है।

जब तब कान में फुसफुसाते हुए कुछ ऐसा कह जाना कि देर तक बदन थरथराता रहे।

उसने कहा था, ''तुम मेरे भीतर का दृश्य-अदृश्य हो, जिसे देख पाना सबके बूते की बात नहीं।''

और इतना सुनते ही वह देर तक हवा में हिलती रही। वह इस तरह के वाक्य बोल कर आगे बढ़ जाता और वह बौरा जाती। आह और वाह की धुन बजने लगती अंदर। जैसे रजत समझ गया हो कि अँजुरी कोई वीणा हो जिसके अलग-अलग तार रह-रह कर बजा देने चाहिए।

कभी फुसफुसाता, ''कोहरा, आँखों और दृश्यों के बीच एक परदे की

तरह है...हाथों से हटाने का मन करता है, जिसके पार दृश्य है...मुझे दृश्य चाहिए। अँधेरा मुझे स्थगित कर देता है और उजाला मुझे खोलता है।''

एक दिन अनमनी-सी बैठी थी अँजुरी। रजत ने सिर हिलाकर पूछा, ''क्या हुआ?''

अँजुरी के मुँह से अकस्मात् निकला, ''दोस्तों के पास चुप रहना भी एक संवाद होता है, दोस्त उस चुप्पी को भाषा में तब्दील कर देते हैं...!''

''अच्छा! तो मोहतरमा भी डायलॉगबाज़ी करना सीख गई हैं! वाह! आप तो उस्ताद निकलेंगी मेरी।''

''क्यों...ये बौद्धिकता तुम लड़कों की बपौती है? हम नहीं सोच सकतीं?''

मुँह बिचकाते हुए अगले डायलॉग के बारे में सोचने लगी, जिसे दन से रजत के मुँह पर मारना ज़रूरी था।

उसे अचानक कुछ नहीं सूझा।

''इतना सब कुछ कैसे पढ़ लेते हो? गहन अध्ययन है तुम्हारा रजत,'' बोलते-बोलते रजत के कंधे से लग गई थी। चंदन की भीनी-भीनी खुशबू उसकी शर्ट से आई। उसे लगा, वह मलय वन में भटक जाएगी। ज़हरीले साँपों का भी भय फिर कहाँ। रजत शायद हवा के झोंके से बना था। छिटकता ही रहता था। सिर्फ़ शब्द ठोस उछालता था, जो देर तक माहौल को थामे रहते थे। वह डूबने लगी थी, रजत के संग साथ में। बिना जाने कि उसके दामन में डूब के लिए गड्ढे हैं भी या नहीं।

वही रजत, जो हर समय अपनी उपस्थिति से, गूढ़ बातों से घेरे रहता था, वह ऐसे वक्त में कहाँ गायब है। इस वक्त जब वो ताप में है, क्यों नहीं आकर थाम लेता उसे। संदली हवा ही उसका इलाज है शायद।

''आ जाओ...शायद मैं तुम्हें माफ़ कर दूँ...फ़ेसबुक की दुनिया तुम्हें माफ़ करे न करे, मैं ज़रूर कर दूँगी, बस एक बार आकर सच-सच बता दो कि माजरा क्या है। आखिर ऐसा क्या हुआ कि तुम एक अनजान लड़की से चैट करते समय उसे बलात्कार करने की धमकी देते हो। उसे गीला करने की धमकी...उस लड़की ने तुम्हें चुंबन नहीं दिया तो तुम उसे वेश्या तक कह दोगे...मैं सब तुम्हारे मुँह से सुनना चाहती हूँ...मुझ पर लड़कियों का दबाव है कि मैं तुमसे रिश्ता तोड़ लूँ कि तुम मेरे लायक नहीं, कितनी गंदी गालियों से नवाज़ा गया है तुम्हें और वह लड़की तो तुम्हें जेल भिजवा कर रहेगी। मुझसे

सच बताओ तो सही...कहाँ हो तुम, रजत...किससे भागे फिर रहे हो...क्या तुम हमेशा से ऐसे ही थे, जैसा कि बंगलोर की एक लड़की ने लिखा है...तुमने अपने गुनाहों के सबूत खूब छोड़े हैं...फिर भी...मिलो तो सही...''

गीले और काँपते हाथों से मैसेज टाइप करके भेज दिया। मोबाइल बंद था। बात करने की बेचैनी उसे मारे दे रही थी। रजत का मासूम चेहरा याद आने लगा। उसके बोलने का अंदाज़, मस्ती की दिलफेंक अदाएँ। दीवानगी छींटता फिरता हो जैसे।

इस दिलकश दीवानगी ने ही रजत के प्रति उसे भी दीवाना बनाया था। तेज़ी से करीब आ रहे थे एक-दूसरे के...आशना अपने प्रेम को धीरे-धीरे आंच पर सुलगाना चाहती थी। फ़ास्ट फ़ूड की तरह प्रेम नहीं था उसके लिए। अब लग रहा था कि उसने गलत किया। रजत शायद बहुत तेज़ चलना चाहता था...इतना तेज़ कि सारे अपरिचय को भी लाँघ जाए। हालाँकि कभी उससे अश्लील बातें न कीं न ही कोई ऑफ़र दिया। मोबाइल पर चैट-चैट खेलते तो कई बार उसने टोका है। उसे बुरी लत-सी थी। चैट इस कदर उसे ले डूबेगी, अंदाज़ा न था। सोचा न था। अब गहरे अफ़सोस में डूबने से क्या हासिल। विलाप से क्या मिलेगा।

जी को कड़ा किया। बारिश कम हो गई थी। बूँदों को होंठों से चखा...लटें बिखर गई थीं। कपड़े देह में बुरी तरह चिपक गए थे। बारिश धीमी-धीमी सुलग रही थी। पत्तियाँ बूँदें झटक रही थीं। एक पेड़ के नीचे जाकर खड़ी हो गई। तने के सहारे टिकना चाहती थी। न घर लौटने का मन न सड़क पर चलने का। देह ठंडी हो गई थी। दर्द पर लगभग काबू पाकर वह पिछले दिनों की कुछ घटनाओं पर गौर करना चाहती थी, जिनकी वजह से रजत का गायब होना, उसकी उपेक्षा करना उसे खल गया था, उसे भीतर से तोड़ने की हद तक।

बीमार होकर घर बैठने से एक दिन पहले रजत कुछ परेशान-सा दफ़्तर में घूम रहा था। किसी ने नोटिस किया हो या न किया हो, आशना उसके चेहरे की एक-एक शिकन को पढ़ लेती थी। कई बार पूछना चाहा, वो कतरा कर निकल जाता। एक बार टोका, ''कुछ हुआ है क्या...क्यों मुँह लटका कर घूम रहे हो...। मैं कुछ कर सकती हूँ... ?''

रजत मानो होश में न हो। सुना-अनसुना करके बाहर निकल गया। वह कहना चाहती थी—चलो, आज घर चलते हैं, वहाँ एकांत में बैठ कर कुछ बातें

करेंगे। दिल की बातें...कह डालेगी...रजत भी शायद एकांत पाकर सीरियस बातें करे।

रजत के साथ अपने रिश्ते को अब अपने घर के एकांत तक ले जाना चाहती थी। उसे रजत की तलब महसूस होने लगी थी। उसकी बाँहों में घुस कर उससे गूढ़-गूढ़ बातें सुनना चाहती थी। सिरहाने कॉफ़ी मग पड़ा हो, खलील ज़िब्रान की किताब और एक-दूसरे में गुँथे हुए दो जिस्म। अपने एकांत का रुमानी भंग चाहती थी। हुआ क्या? उसका एकांत कोलाहल से भी बदतर बज उठा है। आशना ने दफ़्तर के साथी यतीन को फ़ोन मिलाया।

यतीन ने ही बताया कि जिस दिन से आशना नहीं आई, उसी दिन से रजत भी गायब है। शायद बॉस को ज़्यादा पता हो। दफ़्तर के अलावा कोई सूत्र नहीं जहाँ से रजत का पता चले। गीले कपड़ों में वह फ़्लैट में दाखिल हुई, दरवाज़ा बिना बंद किए कुर्सी पर धम्म से बैठ गई। वायरल खत्म होने के बाद ही दफ़्तर ज्वाइन करेगी, फिर पता करेगी। उसे अचानक कुछ ख़याल आया। बेडरूम में जाकर सबसे पहले लैपटॉप ऑन किया और अपना फ़ेसबुक अकाउंट एक्टिवेट किया। बड़ी राहत महसूस हुई। भीतरी दुनिया में कुछ टूट-फूट हो रही थी और वह कुछ तय कर रही थी। अपने भीतर की छुपी हुई मज़बूत लड़की को खोज चुकी थी। कई बार हम कुछ खोकर खुद को पा लेते हैं। उसने पा लिया था खुद को। कपड़े बदलने से पहले फ़्लैट का दरवाज़ा बंद करना चाहती थी। छोटे-से ड्राइंग रूम में आई तो भय से चिहुँक उठी। बुरी तरह भीगा हुआ रजत दरवाज़े पर खड़ा था...उसके घुँघराले बाल माथे से चिपक गए थे और हल्की दाढ़ी से बूँदें टपक रही थीं। जाने वे बूँदें बरसाती थीं या आँखों से टपकी थीं।

आशना ने दरवाज़ा बंद कर लिया कि उसके कान में आवाज़ आई... वही आवाज़—जिसे सुनने के लिए मरी जा रही थी। बस आवाज़ में दरारें पड़ गई थीं।

''पराजय तब नहीं होती जब आप गिर जाते हैं, पराजय तब होती है जब आप उठने से इनकार कर देते हैं।''

आशना समझ गई, वह फिर गूढ़, अबूझ बातें कहकर अपने गुनाहों पर परदा डालना चाहता है और यह बयान उसका मौलिक कतई नहीं है। वह यह भी जान गई थी कि ऐसा गुनाह कोई लड़की करे तो उसकी माफ़ी नहीं होती।

एक सवाल ज़रूर सता रहा था कि एक ही ब्रह्मांड के दो समानांतर ग्रहों

के लिए मानदंड इतने अलग-अलग क्यों होते हैं। वह यह भी जानती थी कि इस सवाल का जवाब मिलेगा नहीं, क्योंकि ज़िन्दगी के सिलेबस से बाहर के सवालों के जवाब कभी नहीं मिलते।

वह किसी फ़ैसले तक पहुँचती कि पूरे ठसक और आत्मविश्वास के साथ रजत अंदर दाखिल हो चुका था।

वह समझ गई थी कि हमेशा की तरह उसे लाजवाब कर देगा। उसके भीतर से वही पुरानी कस्बाई लड़की जाग उठी थी...जो जानती थी कि बेवफ़ाई के नियम सबके लिए एक-से होने चाहिए।

ख़ानाबदोश

को ई मुझे नींद में ज़ोर-ज़ोर से झकझोर रहा है। मैं गहरी नींद में छलाँग लगा चुकी हूँ।

''उठो...उठो...मुझे छोड़ आओ...जहाँ से लाई हो मुझे...मुझे नहीं रहना यहाँ...मुझे ले चलो वहाँ...यही मौक़ा है...निकल चलो...उठो...'' कोई मर्दाना आवाज़ आ रही है...

''ऊँह...'' मैं कुनमुनाती हूँ और करवट बदल कर सो जाती हूँ।

कोई ज़ोर से हिला रहा है मुझे...अब चेतना जागने लगी है, कमरे में अँधेरा है। हौले से पलकें उठीं...''अबे कौन है, क्या आफ़त आ गई...''

सामने दीवार पर टीवी के नीचे रखे टाटा स्काई में पीली-लाल बत्ती जल रही थी। कमरे के अँधेरे से लड़ने के लिए रोशनी की ये दो बूँदें नाकाफ़ी थीं। अँधेरे में दाएँ हाथ से सिरहाना टटोल कर मोबाइल उठाया। स्क्रीन टच होते ही हल्का उजाला मेरे आस-पास फैल गया। रोशनी की क़ीमत गहन अँधेरे में पता चलती है।

चारों तरफ़ नज़र दौड़ाई, कहीं कोई नहीं था...कमरा अंदर से लॉक था। बग़ल में जयंत सोया था, दीन दुनिया से बेख़बर।

कौन जगा रहा था मुझे...और क्यों...?

यक़ीनन यह सपना नहीं था। मैं हिली हुई थी। नींद कच्ची थी, टूट गई। सपना तो बिलकुल नहीं। फिर...!

सवाल ने फन काढ़े तो मैं हड़बड़ा कर बेड पर उठकर बैठ गई। जयंत जगा होता तो चिल्लाता, ''कितनी बार बोला, करवट लेकर उठा करो, रीढ़ की हड्डी करकरा जाएगी एक दिन...!''

वह दुबारा लेट गई और फिर दाएँ करवट लेकर उठी। कहीं कुछ नहीं था। दीवारों पर वॉल पेपर वैसे ही चमक रहा था। टेबल-कुर्सी, ड्रेसिंग टेबल पर

यथावत। कोई भूचाल भी नहीं। अक्टूबर के महीने में पंखे की हवा बहुत मीठी लगती है। लेकिन मुझे पसीना आ गया।

भय की लहर उठी और पूरे शरीर में फैल गई। मैं आत्मा-वात्मा में बिलकुल यकीन नहीं करती। भूत-प्रेत मानने का तो सवाल ही नहीं। चमत्कारों में यकीन नहीं। कभी आँखों से देखा होता तो यकीन होता ना। समूचा जीवन तो होस्टल में कटा और शेष जीवन नौकरी करते महानगर में कट रहा है। कहाँ से आई थीं आवाज़ें? बोल एकदम स्पष्ट थे।

किसी पुरुष की आवाज़ थी, थोड़ी भारी और हकलाई हुई। अटक-अटक कर आ रही थी। मन किया जयंत को जगा कर बताऊँ। फिर इरादा बदल दिया। वह नींद में बौखला जाता और मुझे वहमी करार देकर सो जाता इस चेतावनी के साथ कि ''दुबारा जगाना मत, बहुत थका हुआ आता हूँ, दिन भर कंप्यूटर पर आँखें फोड़ता रहता हूँ, रात को चैन से सो लेने दिया करो यार...तुम्हारी तरह नहीं हूँ, आराम की ज़िन्दगी...जब मन हुआ दो-चार कविताएँ लिख लीं, कहानियाँ लिख लीं या फिर किटी पार्टी में नाच आए।''

''तुम लिखने को कम मेहनत का काम समझते हो क्या?''

मैं आँखें फाड़ कर उसका चेहरा देखती। क्या बक रहा है ये आदमी? अपने बचे हुए समय में लेखन या किटी कर लेती हूँ तो क्या बुरा है? मसालों की गंध से ऊब कर कीबोर्ड की खटपट में उँगलियाँ थिरकती हैं आजकल और ये हैं कि मेरे गंभीर सुख को हल्के में लेते हैं।

''और क्या...! बौद्धिक विलास का भी अपना सुख है डार्लिंग, मजे करो...यहाँ टारगेट सिर पर सवार, न करो तो डंडा खाओ बॉस का...!''

जयंत का चेहरा दयनीय हो उठता। मुझे बौद्धिक विलास शब्द से चिढ़ होती और जब तक मैं शाब्दिक प्रहार करती तब तक उसका चेहरा दयनीय हो उठता और मैं अपने हमले रोक लेती।

अभी आधी रात को जगाऊँ तो शेर की तरह दहाड़ने न लगे। फिर माथा घूम गया। क्या करूँ। मोबाइल की स्क्रीन पर अँधेरा पसरा तो कमरा फिर अँधेरे में डूब गया। बस सामने दो आँखों की तरह पीली-लाल बत्ती जलती दिखाई दे रही थीं। रोशनी की दो आँखें, अलग-अलग रंगों वाली। साथ-साथ लेकिन अलग-अलग रंग। उन्हें घूरती हुई चुपचाप फिर लेट गई। मुझे याद आया, पिछले दिनों चित्रकार सीरज सक्सेना की चंद लाइनें पढ़ रही थी—ऐसे ही दो

रंगीं आँखों के बारे में कुछ कहा था।

मैं लेटे-लेटे उन पंक्तियों को याद करने की कोशिश करने लगी—नींद गायब हो चुकी थी।

''वे दो पाट हैं, काला और सफ़ेद। इन्हीं के बीच रंगों की नदी बहती है। उनके बीच कोई भी रंग डाल दो, बदल जाएँगे। रंगों की माया है ही नहीं, मैं यह कह रहा हूँ। मेरी एक आँख श्वेत है, दूसरी श्याम। इसमें कोई भी रंग डाल दो, मैं एक चित्र बना कर निकलूँगा। मेरी दोनों आँखें दो पाट हैं...''

अचानक मुझे दो अलग-अलग रंगों वाला रास्ता दिखा। दोनों आँखें अलग-अलग रास्ता देख रही थीं।

एक तरफ़ हरे पहाड़, दूसरी तरफ़ रूखा-सूखा पहाड़। मैंने उँगली उठाते हुए पूछा था, ''कौन-सा पहाड़ चाहिए तुम्हें? किस ओर जीना है...एक तरफ़ लाल है, दूसरी तरफ़ पीला। बीच में काला...काले का कोई भविष्य नहीं, सिर्फ़ अतीत है, अँधियारा अतीत। तुम्हें पीले रंगों की ज़रूरत है, घाटी में रहोगे तो सिर्फ़ लाल रंग ही मिलेंगे...तुम जी न पाओगे, चलो...मेरे संग।''

उस रात हम दोनों चुपचाप सोए। मिट्टी के बने उस घर में जहाँ खानाबदोश रातें और दिन हुआ करते हैं। जो घर मीठे चश्मे के शोर और पानी से भरा रहता है। मिट्टी की मज़बूत छतें सब्ज़ियाँ उगा रही होती थीं, उनमें जीवन रात-दिन धड़कता था, मैं उनकी साँसें बिस्तर पर लेटे-लेटे सुन सकती थी।

उस रात जब वह बेखबर सो गया, मैंने जागते हुए एचडी फ़ार्मेट में फ़ाइव डी सपने देखे...कोई और ऐसे फ़ार्मेट में सपने देखता है या नहीं, मुझे नहीं मालूम, मैंने देखे हैं। सारे दृश्य बेहद स्पष्ट। पास-पास, अपने ओरिजिनल रंगों के साथ। जंगल को छू सकती थी मैं, बारिश में भीग रही थी मैं। बस इसी हवा की चाहत थी। सारी आवाज़ें मुझे भेद कर आर-पार हो रही थीं। झाड़ियां मुझे चुभ रही थीं। मैं चट्टानों की शीतलता महसूस कर सकती थी। इन्हीं चट्टानों पर सुस्ताना था कुछ देर के लिए। मेरे हौसलो के लिए ऊर्जा यहीं से निकलती है। सामने तीखे मोड़ दीख रहे हैं...मुझे वहाँ ठिठकना है...

दूर पहाड़ियाँ नज़र आ रही हैं वृक्षों से लदी हुईं। इन हरे वृक्षों से जैसे प्यार करती हुई पहाड़ियाँ, जो उसके लिए हवा और पानी का इंतज़ाम करती हैं। उसकी पथरीली, बलिष्ठ देह में माटी जमा कर उर्वर बनाती हुई हरियाली...

पहली बार उसे देखते ही मेरे मुँह से निकला था, ''तुम्हारी बाँहें हैं या

पत्तों से लदी हुई सघन डालियाँ...तुम इस निर्जन में अकेले क्या कर रहे हो वनदेव...चलो ना...हमारे साथ...''

वह मुस्कराया तो लगा पीछे गिरता हुआ चश्मे का पानी थोड़ा और मीठा हो गया। इस स्वाद का ज़िक्र मेरे फसानों में हमेशा रहेगा। मैंने उम्मीद से उसकी तरफ़ देखा—हैरान करने वाला दृश्य।

एक चेहरा शिखरों पर अटका है...उसके हाथ आकाश में हिल रहे हैं...न-न की मुद्रा में...जैसे मना कर रहा हो...क्यों मनाही है...क्या है ऐसा नत्था टॉप की इन पहाड़ियों पर, सब जा चुके मैदानों में...ये क्यों बेताल की तरह लटक गया है यहाँ...

मैं गुस्से में हूँ...आँखें लाल, कभी रुँआसी..कभी भभक रही हूँ...''मैं तुम्हें ले जाऊँगी...चाहे जो हो जाए...तुम भी नहीं रोक सकते मुझे...जो होगा, देखा जाएगा...सामना करेंगे...''

एक डाली मेरी तरफ़ लपकी...बचने के लिए मैं भागी, किसी ठोस वस्तु से टकराई और लड़खड़ा गई। पूरी देह हिली और मेरा फ़ाइव-डी सपना टूट गया।

सुबह हो चुकी थी। मैं सब कुछ जागी हुई छू सकती थी। यह हकीकत की छुअन थी। उसे भी और खुद को भी। वो मेरे सिरहाने ही बैठा था, मुझे अपनी बलिष्ठ भुजाओं से घेरे हुए। कच्चे दूध की खुशबू आ रही थी, उसकी हथेलियों से।

''भैंस दूह कर आ रहा हूँ...कच्चा दूध पीओगी...''

''यासिर...'' मैं बुदबुदाई।

''मेरे साथ चलो ना...छोड़ो ये सब...कुछ दिनों में बर्फ़ गिरेगी यहाँ...सब नीचे चले गए। तुम अकेले क्या करोगे यहाँ...मेरा भी रिसर्च वर्क पूरा हो गया, अब बस सिलसिलेवार लिखना है और जमा कर देना है...''

मेरी आवाज़ की खानाबदोशी को कोई खानाबदोश ही भांप सकता था। मेरे माथे पर उसने अपनी ठंडी ठुड्डी रख दी। कुछ उसकी गरमाई, कुछ कमरे में हौले-हौले रात भर सुलगने वाली अंगीठी की गरमाई, मेरी आँखें फिर से बंद करने के लिए काफ़ी थीं।

इससे पहले कि मैं फिर सपनों में घुसती, उसने जो कहा, मैंने बाहर की तरफ़ देखा...दरवाज़ा खुला था...बाहर फुहिया (बर्फ़ के फाहे) पड़ने लगी थीं...

''बर्फ़ गिरने का अंदेशा है...ज़िद छोड़ो, चलो, चलता हूँ...तुम न मानोगी...''

इतना सुनते ही मेरे लिए सारे रंग बदल गए थे। ये ज़िद भी ना, उम्मीद के दम पर ही टिकी रहती है। दोनों का अबूझ रिश्ता है। ज़िद न हो तो उम्मीदें कहाँ। उम्मीदें न हों तो ज़िद का क्या मतलब...

उम्मीद की ताकत है ज़िद। जैसे तने की ताकत उसकी जड़ें होती हैं। स्त्री की ताकत उसका आत्मविश्वास, जैसे नदी की ताकत उसका पानी, जैसे साँस की ताकत हवा।

वो महीने भर की ज़िद थी जो उम्मीदें पूरी कर रही थीं। मेरी आँखों में सीरज के रंग उमड़ने लगे, मुझे यकीन हो आया कि ज़रूर सीरज भी इसी तरह अनुभव के बाद चित्र बनाकर ही निकला होगा। मैं भी जीवन-चित्र बना कर निकल रही थी। जीवित कैनवस लेकर शहर लौट रही थी। मुझे लगा कि मैं समूचा पहाड़ अपने साथ उठा कर ले जा रही हूँ। सदियों से ज़मीन में धँसा, अपनी देह पर ग्लेशियर, जंगल, झरना, नदियों को झेलता समाधिस्थ पहाड़, मेरे साथ चल रहा था। 'दी रॉक' फ़िल्म के शीन कॉनरी के पाँव याद आए। फ़िल्म के पहले ही सीन में ज़ंजीरों से जकड़े दो भारी पाँव...कैद के अभ्यस्त पाँव, जैसे ठिठक कर चल रहे थे, वैसे ही यासिर के खानाबदोश पाँव मेरे साथ डग भर रहे थे। मैं उसे लाल रंगों से दूर ले जाना चाहती थी। आतंक के साये से दूर, जहाँ वह गोलियों की तड़तड़ाहट और गोले-बारूद के खतरों से दूर रहेगा। मुखबिरी करने के लिए जहाँ बाध्य न किया जा सकेगा। वह खुल कर जी सकेगा। उसके हिस्से में भी प्रेम आएगा। टुकड़ों में ही सही, बँटा हुआ ही सही, खतरे से बाहर तो रहेगा।

''मुझे मत ले जाओ...मैं मैदानों में बीमार पड़ जाता हूँ, मैं पक्का बकरवाल हूँ, इसीलिए कभी जम्मू के तराई इलाके में भी नहीं बसा। काफ़िले को भेज कर खुद यहीं रुक जाता हूँ...उनके वापस आने तक। ढोर-डंगर सब चले जाते हैं, मैं यहीं रुक जाता हूँ, पहाड़ कभी हिलते नहीं...पहाड़ के पाँव नहीं होते...''

वह हँस पड़ता। कच्चे दूध-से दाँत बिजली की तरह चमकने लगते।

''कैसे काटते हो, बर्फ़ीले दिन और रातें...सिर्फ़ दो ही रंग होते होंगे जीवन में, मैं तुम्हें सतरंगी दुनिया में ले जा रही हूँ...पहाड़-सा जीवन कितना आरामदायक हो जाएगा। पूरे विश्व से जुड़ जाओगे...तकनीक का चमत्कार देखोगे...''

''आप रहोगी हमारे साथ...ऐसे, जैसे महीने भर रहीं हमारे साथ... ?''

उसकी सुरमई अंखियों में सवालों के निर्जन द्वीप तैरते देखे। कुछ भी तो नहीं जानता मेरे बारे में, जयंत के बारे में, मेरी मुश्किल दुनिया के बारे में, फिर मैं क्यों ज़िद ठाने लिए जा रही, किस उम्मीद पर इसकी दुनिया बसाऊँगी...

सवाल मेरे जिस्म में कुलबुलाए। जैसे बरसाती पानी में कीड़े कुलबुलाते हैं, सफ़ेद, काले...असंख्य छोटे-छोटे...

''चलो तो सही...कोई उपाय करेंगे...जहाँ चाह हो, वहाँ राहें निकल आती हैं...''

मैंने गाड़ी में बैठते हुए उसकी बाँहैं गह ली थीं। संशय उसकी रगों में बह रहा था, लहू के साथ, उसकी देह से मुझे ऐसी झनक सुनाई दे रही थी।

मुझे जम्मू में कुछ दिन उसके साथ गुज़ारने थे फिर आगे प्रस्थान करना था। मैं उसके साथ कठुआ समेत उन मैदानी इलाकों में जाना चाहती थी, जहाँ खानाबदोशों ने अस्थायी डेरा बना रखा है। पहाड़ों पर बर्फ़ पिघलते ही फिर वे मैदानों से पहाड़ों की तरफ़ कूच कर जाएँगे। सब चले गए थे सितंबर में ही, दिसंबर तक यासिर वहीं जमा हुआ था। वह कभी नहीं जाता तराई में। मिट्टी के घर में अपने लिए पर्याप्त आग बचा कर रखता है और पानी भी। मैं उसे इन सबसे दूर, अपने साथ लिए चली जा रही थी। पहाड़ों पर बर्फ़ गिरनेवाली थी कि मैं वहाँ पहुँच गई थी।

''एक खानाबदोश स्त्री, खानाबदोश पुरुष से जा मिली थी...''

यासिर ठहाके लगा-लगा कर कहता और मैं एक पल के लिए झरना बन जाती।

फ़ाइव डी सपने हमें गीला कर देते हैं, गर सपने पानी-पानी हों। रात भर अजनबी फुसफुसाहटों ने ठीक से सोने न दिया था। रावी नदी के तट पर बने रिज़ॉर्ट में टिकने के लिए जयंत भी आ गया था। यासिर बगल वाले कमरे में था। हम कुछ दिन और रुक गए थे। जयंत के आने के बाद यासिर बुझ-बुझ सा गया था। अपने भीतर गुम हो। हम दिन भर घूमते, यंत्रवत वो घुमाता और रात को अपने-अपने कमरे में निःशब्द। सुबह भीगी हुई मैं जगी थी। जयंत सोया पड़ा था। बाहर निकली तो यासिर खड़ा था। साथ में सामान। उसने मुझे दूर हाइवे से गुज़रते हुए बकरवालों का काफ़िला दिखाया।

आँखों से सवाल उबल रहे थे—वो फट पड़ा...

‘‘मैं यहाँ क्या कर रहा हूँ...मेरी दुनिया तो गतिमान है, चलती रहती है, ऊपर-नीचे, नीचे-ऊपर...पहाड़ों पर, झरने के साथ बहता हूँ, नदी के साथ सोता-जागता हूँ...बर्फ़ से लिपटता हूँ...उसे आग देता हूँ...आग लेता हूँ...’’

‘‘मैं आपकी दुनिया का बाशिंदा नहीं बन सकता...मुझे जाना होगा...आप चाहें तो मेरे साथ चल सकती हैं...खाने भर को बहुत सब्ज़ियाँ उगा लेता हूँ, दूध, पनीर बहुत सप्लाई करता हूँ, सबसे शुद्ध हवा और पानी पिलाऊँगा...’’

‘‘मोबाइल का सिगनल आता है, बड़े-बड़े टॉवर लगे हैं, टी.वी. खरीद लेंगे...’’

उसका गोरा चेहरा दहक रहा था। मैंने जैसे ही अपने कमरे की तरफ़ चेहरा घुमाया, आँखों में लाचारी भर कर आँखें यासिर की तरफ़ लौटाना चाहीं कि सामने कोई नहीं था। रावी नदी का बहाव और तेज़ हो गया था।

कोई मर्दानी पुकार बच गई थी जो मेरे भीतर चीख बनकर बाहर उछली और हवाओं में घुल गई। कैसे कहूँ कि अब मेरे पास सिर्फ़ दो रंग हैं जिनसे मैं सीरज की तरह चित्र बनाकर नहीं लौट सकती।

कब ले बीती अमावस के रतिया

बारह साल बाद जैसे उमा कुमारी के भाग्य जगे, वैसे ही सबके जगें। हाईवे के किनारे बसा पूरा गाँव चहचहा उठा था। सबकी जुबां पर यही बात थी। खातोपुर गाँव का उत्साह देखते बन रहा था। खुद उम्मी यानी उमा कुमारी के पतिदेव अचंभित थे कि जिस स्त्री को अब तक त्याज्य समझा था, उसे गाँव के लोग इतना प्यार कैसे करते हैं। उसे उम्मो के प्रति गाँववालों के प्यार पर उतनी खुशी नहीं हो रही थी, जितना अचंभा हो रहा था। वह अपनी शहरी आँखें फाड़-फाड़ कर कभी आधुनिक रंग-ढंग में रंग चुकी युवा बीवी को देखते तो कभी ओसारे पर जमा महिला मंडल की औरतों को। सिर्फ़ औरतें नहीं, उनके आगे कई बच्चे खड़े-खड़े, टुकुर-टुकुर देखे जाएँ तमाशा। गाड़ी दरवाज़े पर ही खड़ी थी। कोई उससे सवाल नहीं पूछ रहा कि इतने साल कहाँ रहे। जवान बीवी की खोज-खबर क्यों न ली। क्यों लापता रहे कि कोई ढूँढ़ न सके। जब पता चला तो कहानी बदल चुकी थी। पता चले भी पाँच ही साल हुए। उम्मो ने कैसे दिन रैन बिताए, क्या पता। उम्मो के पतिदेव यानी मालभोग ठाकुर जानना भी नहीं चाहते कि उम्मो के दिन रैन कैसे कटे उनके बिना। बस, वे इन दिनों खाली थे, पत्नीविहीन थे। पत्नी उनसे अलग होकर बच्चे समेत दूसरे परिवार में रम चुकी थी। लगभग शहर से गायब थी, जैसे वे खुद गायब हुए थे कभी। उन्हें पहली बार पता लगा था, लापता होने का दर्द पीछे छूट जाने वालों के लिए क्या होता है। अब वे लापता नहीं रहना चाहते थे और पुराने पते पर लौट जाना चाहते थे जहाँ कोई अब भी उनकी राह देख रहा था। उन्हें एक औरत की सख्त ज़रूरत थी जो शहर में उनके खालीपन को भर सके। उनकी देख-रेख कर सके, उनका घर सँभाल सके। वे इन दिनों नितांत अकेले हो गए थे। तन्हाई काटे नहीं कट रही थी। अकेला घर काट खाने को दौड़ता था। स्कूल से निकलने के बाद सीधे कोचिंग सेंटर पहुँच जाते और देर शाम तक का समय वहीं बिताते। रात

तो आखिर सबको अपने घर लौटने पर मजबूर कर ही देती है। पहले वे कोचिंग सेंटर में एक घंटा समय देते थे। जब से अकेले हुए हैं, कोचिंग सेंटर में ज़्यादा बैच पढ़ाने लगे हैं। कमाई भी अच्छी और वक्त भी अच्छा कट जाता है। घर की याद नहीं रह जाती। लेकिन कब तक। घर तो लौटना ही था।

दिनों के बीच में एक रात होती है जो विभाजन करती है। अगले दिन के लिए इन्सान को तैयार करती है। एक नई शुरूआत के लिए रात एक स्पेस है जहाँ से प्रस्थान की भूमिका तैयार होती है। अगली रणनीति की योजना बनती है। रात सिर्फ़ विश्रामस्थल नहीं, प्रस्थान बिंदु भी है। जहाँ मालभोग उर्फ़ मालू जी तरह-तरह की रणनीति बनाया करते हैं। ज़िन्दगी अकेली न कटे, इसकी रणनीति रात में ही बनाते हैं जो सुबह तक ध्वस्त हो जाती है। किसे अपने साथ लें, किससे सलाह करें, हिम्मत नहीं जुटा पाते कि गाँव एक बार फ़ोन करके बात ही कर लें। पाँच साल से संपर्क बढ़ाना शुरू किया था, जब बेटे ने कहा था, ''दादी से मिलना है, गाँव कैसा होता है, आपका घर देखना है पापा...''

बेटा अपनी जड़ खोज रहा था और पापा जड़ से कट कर भुरभुरी ज़मीन पर उग रहे थे। उन्हें कभी एहसास ही न हुआ कि वे जड़विहीन हो चुके हैं और उनके पैरों तले ठोस ज़मीन नहीं, रेत ही रेत है।

1999 की गरमियों में जो घर छोड़ कर निकले, सो लौटे ही नहीं। एक खत लिखकर सूचित कर दिया कि वे हमेशा के लिए घर छोड़ कर जा रहे हैं। उनकी खोज बेकार है, कभी न लौटेंगे। जब तक वह स्त्री घर में रहेगी, हम पैर न धरेंगे। जवाब के लिए कोलकाता का एक पता भेजा था। उस पते पर गाँव से कोई न गया। जाता भी कौन। पिता तो बचपन में ही गुज़र गए थे। बची थी केवल माँ और एक विवाहित बहन जो यदा-कदा मायके की देख-भाल बेटे की तरह करती थी। शिक्षिका माँ ने ज़रूर अपने हाथों से खत लिखा—जिसका मजमून इस प्रकार था—

प्रिय बेटा जी

आप हमारे लिए जीवित होते हुए भी मरे हुए के समान हैं। आपने तो हमारी कोख को लज्जित किया है, हमें कहीं मुँह दिखाने लायक नहीं छोड़ा है, हम आपको अपनी जायदाद से भी बेदखल करते हैं और आज से मेरे लिए बेटे की तरह होगी आपकी पत्नी, मेरी बहू जिसे मैं अपनी पसंद से ब्याह लाई हूँ... जिसकी वजह से आप घर त्याग कर चले गए। अपनी माँ तक का ख़्याल न

रखा। इस बुढ़ापे में मेरा कोई आसरा नहीं है सिवाए बहू के। हम इसके भरोसे ज़िन्दगी काटेंगे। आप जहाँ रहें, ख़ुश रहें, आबाद रहें...हम सब मर गए आपके लिए।

इस खत के साथ खातोपुर गाँव हमेशा के लिए दिलदिमाग से मिट गया। सब कुछ भुला कर मालभोग ने कोलकाता से भी दूर मणिपुर जाकर अपनी ज़िन्दगी शुरू की। गणित में होशियार मालू ने वहाँ प्राइवेट स्कूल में पढ़ाना शुरू किया और साथ में बी.ए. की पढ़ाई भी जारी रखी। जो भी फ़ैसला उसने लिया, उसके लिए वह ख़ुद ही तैयार नहीं था। मुज़फ़्फ़रपुर में होस्टल में रह कर पढ़ाई करते हुए उसे पता नहीं था कि उसके पीछे गाँव में उसकी माँ ने उसकी आगामी ज़िन्दगी की पटकथा कुछ इस तरह लिख दी कि उसे सब कुछ छोड़ कर अनजान नगर में बस जाना पड़ा।

कैसे भूल जाए 1999 की गर्मी की छुट्टियों को। 15 मई को गाँव आया दो महीने के लिए और इधर माँ ने बैंड बजवाने की पूरी तैयारी कर ली थी। वह चीखता रहा कि एक बार लड़की से मिलवा दो, माँ ने आगे फ़ोटो रख दी। लड़की का बायोडाटा देखना चाहता था, माँ ने चार लाइन की जानकारी आगे धर दी—

लड़की का नाम—उमा कुमारी, जन्म तिथि, शिक्षा—दसवीं पास, रंग— गेहुँआ-गोरा, लंबाई—पाँच फीट, गृहकार्य में निपुण। मृदुभाषिणी, लोकगीत से लगाव। व्रत त्योहार में गहरी आस्था।

बायोडाटा देखकर मालू ने माथा ठोक लिया। माँ ख़ुद शिक्षिका होकर उसके भाग्य का ऐसा फ़ैसला कैसे कर सकती थीं। वह हैरान था। उसने प्रतिवाद जताना शुरू किया, माँ अपना कलेजा पकड़ कर ज़मीन पर लुढ़क जातीं। पूरा घर, पट्टीदार सब हाय-हाय करने लगते। लगन के समय में ऐसा अशुभ नाटक करना मालू को शोभा नहीं देता है। सब लोग मालू को कोसने लगते। मालू को अपना भविष्य अंधकारमय दिखता और चुप लगा जाता। इसी माहौल में मालू ब्याह दिए गए उमा कुमारी से। उधर उमा कुमारी को कुछ नहीं पता कि लड़केवालों के घर में क्या चल रहा है। वे तो ब्याह कर आ गई। मड़वा में ही देख लिया था अपने पतिदेव को और निहाल हो गई थी। पतिदेव ने एक बार भी पलट कर बहू का मुँह नहीं देखा। ससुराल में इतनी चुहल होती रही, मुँह दिखाई की रस्म हुई, काहे को मालू जी पलट कर देखें। दूल्हे को अतिरिक्त रूप

से गंभीर देख कर कुछ लोगों ने कानाफूसी शुरू कर दी थी। मालू के चेहरे से साफ़ पता चल रहा था कि वे अपनी शादी में नहीं, किसी मातम में शामिल होने आए हैं। उनके मन में क्या चल रहा है, उससे सब अनजान थे। उमा कुमारी ने तो बस एक झलक देखी और उसी छवि में खो गई। उसके पास सपने बुनने का अवकाश था, भविष्य सोचने के लिए पर्याप्त अवसर भी। शादी-ब्याह में दूल्हा-दुल्हन को छोड़ कर सबके पास बहुत काम होता है। दो तमाशबीन होते हैं जो सारे रिश्तेदारों को नाचते हुए, चहकते हुए देखते हैं और मज़े लेते हैं। दोनों की इतनी कद्र होती है कि कसम से जीवन में पहली और आखिरी बार वी.आई.पी. होने का एहसास होता है। दोनों अपनी-अपनी दिशाओं में खोए हुए थे। दोनों सपने बुन रहे थे, ऊन के गोले और उनके रंग अलग-अलग थे। जबकि मर्ज़ी की शादी में एक ही गान बजता है—तेरे मेरे सपने अब एक रंग हैं...। यहाँ तो रेत पर ताश के महल खड़े होने की नौबत आ गई थी। मालू जी दुल्हन लेकर चले और कोहबर में जाने से पहले ठिठक गए। बहन रास्ता रोककर खड़ी थी।

''बहिन सभ के नेग पहिले चुकइयो हे दुलरुआ भइया

तब जइहो कोहबर आपन...हे दुलरुआ भइया...''

मालू जी ने सोचा...'अच्छा मौका है'...पॉकेट से सारी सलामी निकाली जो ससुराल में आते वक़्त बड़ों के पैर छूने पर मिली थी। और सारी की सारी बहन को थमा दी। बहन गद्गद और हैरान दोनों। इतना कंजूस भाई इतना मेहरबान कैसे। वह सशंकित होकर रास्ते से हटी और दुल्हन अंदर, समूची भीड़ अंदर, मालू बाहर से ही खिसक लिए। गर्दन से पीली धोती उतारी और देह पर से पीले अक्षत झाड़ते हुए सीधे दालान में बैठ गए। वहाँ बहिन पहले से बैठी हुई जीजा के कान में कुछ कह रही थी...जीजा का चेहरा तन गया। वह सावधान की मुद्रा में उठा और मालू जी से चिपक गया। मालू को ये सब असहज लगा।

मालू ने कहा, ''मुझे दिशा के लिए खेत में जाना है...''

जीजा ने कहा, ''क्यों, बाहर मर्द वाले लैट्रीन में जाओगे तो कोई दिक्कत...? तुम्हीं शहरी लोगों के लिए बनवाया गया है साले बाबू...''

''हमको खुले में जाना है...कोई दिक्कत...''

''हाँ, दिक्कत, दूल्हा खेत में जाएगा...बताओ ज़रा। हालत देखी है अपनी...जाओ, चापाकल पर नहाओ-धोओ पहले...फिर बाहर निकलने लायक लगोगे...''

''हमको आप मत बताइए''...बोलते हुए मालू उठे और चौखट पर रखा लोटा उठाया और खेत की तरफ़ चल पड़े। पीछे-पीछे जीजा जी...

वह हाथ से इशारे करता रहा...लौटने का। जीजा क्यों लौटने लगे। मालू ने आँखें दिखाई तब जाकर जीजा के कदम रुके। वहीं खड़े रहे जहाँ से घनी झाड़ी नज़र आने लगी थी।

उनका इंतज़ार लंबा खिंच गया। वे झाड़ी में झाँकने गए। लोटा वैसे ही पड़ा था। मालू हाईवे का रास्ता पकड़ कर कब के दूर निकल चुके थे। गाँव की भोर हो चुकी थी। हल्के अँधेरे में ही दुल्हन विदा होकर आई थी। जब तक पूरा गाँव जागता, खेत की तरफ़ शौच के लिए आता, मालू गाँव से पार हो चुके थे।

जीजा जी खाली हाथ चिल्लाते हुए लौटे। माथा पीट रहे थे, उनको लोगों ने धरा। आँगन की औरतें बाहर निकल आईं। कोहबर में औरतों से घिरी दुल्हन अकेली रह गई थी। उस तक सिर्फ़ आवाज़ें, चीख-पुकार पहुँच रही थी।

उसके भीतर शोर नहीं, सन्नाटा पसर रहा था जिसके साथ जीवन बिताने का फ़ैसला कर रही थी। मन के गोले बिखर गए थे। सपनों की स्वेटर उधड़ गई थी। उसमें पाँव धँस रहे थे और आँखों से बुनाई दिखनी बंद हो गई थी। उसने कोहबर की दीवार पर सिर टिका कर आँखें बंद कर लीं।

नींद, गम के मारों के लिए सांत्वना की तरह होती है। सारी रात की जगी उमा कुमारी को नींद आ गई थी।

उसके बाद उसे नींद से मोहब्बत होने लगी थी। जब मौका मिलता, कहीं भी सोने की जगह ढूँढ़ लेती थी। माहौल सामान्य हो चला था। मायकेवाले विदा कराने नहीं आए। सासू माँ ने हमेशा के लिए अपने पास रख लिया। उन्हें घर देखने वाली की ज़रूरत भी थी। उन्हें सहायिका मिल गई थी। बेटे का गम भी खत मिलने के बाद कम हो गया। सलामती की खबर काफ़ी राहत देती है। दोनों अपनी-अपनी ज़िन्दगी में रमने लगी थीं।

उमा कुमारी के पास रहने को घर तो था, खाने को अन्न था। सब कुछ ज़रूरत भर था। सासू माँ की तीर्थ यात्राएँ बढ़ चली थीं। पैसे की तंगी का रोना बढ़ गया था। उमा कुमारी की देह पर कपड़े ज़रूरत भर थे। खेत के अन्न और सब्ज़ी से काम चलाने की नसीहतें थीं। कपड़े खुद सिलकर पहनने की हिदायतें थीं। स्वेटर खुद बुनकर पहनने का हुकुम था। बाज़ार पहुँच से बाहर था। सासू माँ का जुमला अक्सर उछलता था—

''का पर करूँ सिंगार, पिया मोरा आन्हर...''

सिंगार के लिए न पैसे थे, न साधन, न मन। न घर के काम कभी खत्म होते थे। मन में छोटी-सी इच्छा जग रही थी...कि सासू माँ की तरह ही टीचर ट्रेनिंग करके टीचर बन जाए। सरकारी नौकरी की चाहत उसे खींच रही थी। जी-जान लगाकर सासू माँ की सेवा में खुद को लगा दिया था। उनका हर सितम सहे जाए, कड़वे वचन को हवा में उड़ा दे। सासू माँ यानी शशिकला देवी अपनी बहू की सेवा से प्रसन्न रहती थीं और पट्टीदारों के सामने बेटे को कोसती रहती थीं जिसने उनकी पसंद की बहू को अपनाने से इनकार कर दिया था। इस बात को वे अपनी पराजय के रूप में लेती थीं। एकाध बार दबी जुबान में किसी रिश्तेदार ने कहा, ''लड़की की उम्र ही क्या है, ब्याह क्यों नहीं देतीं...क्यों मरद के बिना घर में बिठा रखा है...कहीं ऊँच-नीच हो गया तो...''

बड़ी गोतनी (जेठानी) ने कहा, ''बहू बना कर लाई थीं, बेटी बना कर ब्याह दो। कब तक घर पे बिठा कर रखोगी लड़की को...बेटे ने तो छुआ तक नहीं लड़की को...''

शशिकला देवी बुरा मान जातीं।

''अरे...ऐसे कैसे...मेरे घर की इज्ज़त है, ब्याह कर लाई थी, मरते दम तक यही मेरी बहू रहेगी...चाहे बेटा वापस लौटे न लौटे...''

''अब क्या लौटेगा...मालू की माय, परदेस में बस गया, शादी कर ली, बच्चे हो गए होंगे...तुम भी किस के इंतज़ार में बैठी हो...''

शशिकला देवी कुपित हो उठतीं। उन्हें लगता कि सब मिलकर उनके बुढ़ापे का सहारा छीनना चाह रहे हैं। जाने क्यों उनको लगता कि एक दिन उनका बेटा लौटेगा और उनकी पसंद को अपना लेगा। पागल है, एक बार देखता तो सही...सुहागरात मना लेता तो कभी न जा पाता...बहू इतनी भी बुरी नहीं है... सुंदरता का क्या है...जितना संवारो, संवरती है...

उन्हें मलाल रह गया कि बेटे ने बहू को जी भर के न देखा, न प्यार किया। और बहू ऐसी कि कभी शिकायत नहीं करती। दिन भर काम में जुती रहती, खाली समय में कुछ-कुछ बनाती रहती और सोती रहती। नींद बहुत प्यारी थी उसे। नींद के कारण शशिकला देवी बहुत डाँट लगाती थीं। उमा कुमारी को डाँट का कोई फ़र्क नहीं पड़ता था। फ़र्क तब पड़ता था जब वह नकद रुपये उनसे माँगती और वे कोई बहाना बना कर टाल जातीं। दस सवाल पूछतीं। फिर उसने माँगना

ही बंद कर दिया। किताबें चाहिए थीं, आगे की पढ़ाई करनी थी। दस काम होते थे, जिसके लिए कैश चाहिए। हर रोज़ नींद में जाने से पहले उपाय सोचती...

दशहरे की छुट्टियाँ थीं। शशिकला देवी गायत्री परिवार की महिलाओं के साथ हरिद्वार के लिए रवाना हो चुकी थीं। घर में अकेली उमा कुमारी और अन्न-पानी। बगल में कुछ पट्टीदार लोग। जिनकी चहलपहल से उसे आश्वस्ति मिलती कि लोग हैं आस-पास। मौसम बदलने के कारण आस-पास रौनक ज्यादा थी। गाँव के पास से ही हाईवे गुज़रता है सो बाहर की आबोहवा आती थी। एक दोपहर मचिया पर बैठी-बैठी उमा नकद रुपयों के बारे में सोच रही थी। कैसे पैसा आए, कहाँ से...सामने बड़ी-सी टोकरी में गेहूँ पर नज़र पड़ी। मोटा दाना, साफ़-सुथरा, सोने-सा दमकता हुआ। उमा उठी और बाहर की तरफ़ दौड़ी। मंगरु लाल बाहर गाय के लिए चारा काट रहा था। उसकी बीवी उसके लिए खाना लेकर आई थी। दोनों साथ-साथ बैठे किसी बात पर ठिठिया रहे थे। उमा का मन न हुआ कि इस रंग में भंग डाले। कुछ देर खड़ी रही। अपलक दोनों को देखती हुई...उसे नींद की तलब महसूस होने लगी थी। अभी बिस्तर मिलता तो सो जाती...

मंगरु की नज़र पड़ गई। उसने अपनी बीवी को भेजा। नींद के झोंके से उबर कर उमा कुमारी ने मंगरु की बीवी को अपनी योजना बताई। फिर क्या था। थोड़ी देर में दोनों गाँव से निकलकर साप्ताहिक हाट में पहुँच गई थीं। टोकरी का गेहूँ अच्छे मोल में बिक गया। हथेली पर रुपया लिए, रिक्शे पर बैठी दोनों स्त्रियाँ खिलखिलाती हुई चली आ रही थीं। मंगरु ने यह दृश्य देखा, उसे भीतर से राहत मिली। उसने बाद में अपनी बीवी को उमा की दोस्ती में निहाल होते देखा। ''जब तक मलकिनी नहीं आ रही हैं, तब तक दोनों खूब घूम लो...आते ही पता चलेगा,''...मन-ही-मन बड़बड़ाता मगर टोकता नहीं। जानता था कि यह चार दिन की चाँदनी है...उमा के हिस्से फिर अँधेरा।

दोनों रोज़ बाज़ार जातीं, पहले उमा ने रेशमी धागे और सूती कपड़ों से स्टायलिश झोले बनाए, उन्हें बेचा, फिर गुड़िया, गुड्डे, मोतियों से छोटे-छोटे पर्स बनाए, सब बाज़ार में बिकते गए। हेयरबैंड बनाया। जो बनाती, एक दुकानदार सब खरीद लेता। उमा को ऑर्डर मिलने लगे। वह अपने लिए पहली बार सलवार-कुर्ता खरीद कर लाई, नाइटी लाई, किताबें, और सिंगार का कुछ सामान। शशिकला देवी ज्यादा दिन वहाँ रुक गई। उमा को और आज़ादी मिली। वह मन-ही-मन दुआ करती कि कुछ समय और न आएँ। उसने अपने

पुराने कपड़ों को मिलाकर रंगीन धागे से सूजनी बनाया, वो तो गाँव के लोग ही हाथोहाथ खरीद ले गए। उमा के हुनर की खुशबू दूर-दूर तक फैलने लगी थी। शशिकला देवी लौटीं तो झटका खा गईं। जिस उमा को छोड़ कर गई थीं वो तो नहीं मिली उन्हें। जो उमा मिली वो उन्हें गवारा नहीं हुई। बहुत कलह हुई और अंत में एक घर को दो स्त्रियों ने मिल कर आपस में बाँट लिया। शशिकला देवी का बस चलता तो घर से निकाल देतीं। लेकिन तब तक उमा के पट्टीदारों में और आस-पास बहुत समर्थक हो गए थे जो अकेली शशिकला देवी पर भारी पड़ गए थे। शशिकला देवी लोकोक्तियों के लिए मशहूर थीं। पट्टीदार पहले से खफ़ा थे, उन्हें मौका मिल गया। क्योंकि शशिकला अक्सर कहा करतीं, ''दाल और पट्टीदार जितना गले, उतना अच्छा।''

अब पट्टीदारों ने कहा, ''न तुम्हारी दाल गलेगी न हम पट्टीदार। गलोगी तुम। सब गए छोड़ कर, बहू भी गई। देखते हैं, बेटी कितने दिन देख-रेख करेगी।''

इस प्रकार से दो स्त्रियों में पहली बार विभाजन देखा गया। उमा ने अपने काम के साथ गाँव की पाँच स्त्रियों को जोड़ लिया था। अब उसे नींद कम आने लगी थी। काम और पढ़ाई से फुरसत कहाँ। उसका घर हस्तकला का छोटा-मोटा सेंटर बन गया था। हाईवे से गुज़रने वाले टूरिस्ट को ढाबेवाले इस घर की तरफ़ भेज देते थे। जो आता, कुछ खरीदे बिना नहीं जा पाता।

दिन कट रहे थे। कई साल बीत गए। उमा ने काम को ज्यादा नहीं बढ़ाया। उसे तो सरकारी नौकरी में जाना था। उसी दिशा में आगे बढ़ रही थी। अपने साथ-साथ पाँच और औरतों को रोज़गार दिलवा दिया था। खुद पढ़ाई में और ट्रेनिंग में व्यस्त। शशिकला देवी ताना मारतीं, ''किसके नाम का सिंदूर लगा रखा है। मिटाती क्यों नहीं, मेरा बेटा गया तुम्हारे हाथ से। उसका घर बस गया। वह कभी नहीं लौटेगा। मैं भी उसी के पास चली जाऊँगी...यहाँ का सब बेचबाच दूँगी...देखती हूँ फिर कौन तुम्हें संपत्ति में हिस्सा दिलवाता है...चली क्यों नहीं जातीं ये गाँव छोड़ कर...क्या रखा है यहाँ...?''

उमा ने कभी पलट कर जवाब नहीं दिया था। पहले रो-धो कर रह जाती या नींद लेने चली जाती। अब सुनकर मुस्कुरा देती है। काम में लग जाती है। शशिकला के सारे वार खाली चले जाते। उमा ने हमेशा सिंदूर, बिंदी लगाई। एकाध बार उसकी सहेली रूपा ने टोका भी...

उमा ने जवाब दिया, ''तू अपने समाज को नहीं जानती...अभी तो नाम के लिए पति है ना, जिस दिन यह निशानी भी मिटा दी, सब मेरा क्या हाल करेंगे...मैं गाँव के इस घर में इसीलिए पड़ी हूँ कि पति का घर तो है...मैं अकेली छोटे शहर में कैसे जी पाऊँगी...सोच ज़रा...कोई मरद तो चाहिए ना साथ। न भाई है न बाप...सबने मुझे मरने के लिए यहाँ छोड़ दिया, मैं कैसे खुद को मरने दूँ...मैं मरने तक ज़िंदा रहना चाहती हूँ, वो भी अपने हिसाब से...किसी पर बोझ नहीं बनना चाहती...जो किस्मत में था, वो तो हो गया, मैं अपनी किस्मत बदल नहीं सकती, खुद को बदल सकती थी, बदल दिया, अब चलने दे...देखा जाएगा...ज़िन्दगी पूरी पड़ी है...नौकरी हो गई तो यहाँ से चली जाऊँगी...उसके पहले नहीं।''

''कब ले बीती अमावस के रतिया...'' रूपा चुहल करती।

''अरे बीत जाएगी सखि...कोई अमावस इतनी लंबी नहीं होती कि अंजोरिया रात (अँधेरे) को रोक ले...'' उसी टोन में जवाब देती उमा।

दोनों हँस पड़तीं एक साथ। रूपा के साथ चुहल के पल खूब मिलते थे। सुख-दुख के बीच भी दोनों चुहल कर लेती थीं।

''और सिंदूर कब तक लगाएगी... ?'' उमा के सिंदूर पर उँगली धरते हुए पूछा था।

''एक बार मुझे उनसे मिलना है रूपा...एक बार...फिर...''

''जब तक तू सिंदूर लगाएगी, कोई और मरद तेरी तरफ़ ताकेगा भी नहीं...ऐसे ही जीवन गुज़ारेगी क्या... ?''

उमा को ऐसी बातों पर फिर से नींद आने लगती थी...लंबी नींद...जिसमें अपने लिए वह सुकून ढूँढ़ा करती थी। नींद की पनाह उसके लिए कितनी ज़रूरी थी। नींद उसके लिए वह नदी थी, जिसमें तैर कर दुख से दूर जा सकती थी। नींद में पानी ही पानी और उसमें डूबती उतराती उमा। कभी नदी, कभी झील, कभी पानी में डूबे खेत...कोसी नदी मानो खेतों में घुस आई हो...उस पानी में देखती हरी-भरी फ़सलें सीधी खड़ी होने के बजाय पानी पर सो जाती थीं...अधलेटी-सी...

उमा की पनीली नींद हमेशा कर्कश आवाज़ों से खुलती थी। पूरा शरीर गीला होता था। जाने नींद भिगोती थी या पसीना होता था। गरम सपनों की भाप से भी तो भीग जाते हैं हम।

ऐसे जाने कितने बरस बीते। उमा ने बरस नहीं युग गिने। उम्र नहीं गिनी, ज़िन्दगी के दिन गिने। बारह सालों के संघर्ष ने उसे 32 साल की उम्र में चालीस पार का बना दिया था। इस बीच पति की तरफ़ कोई संपर्क की कोशिश न हुई, न कोई ख़त आया। उमा ने अपने मोबाइल नंबर को हवा की तरह दूर-दूर तक फैला दिया था। नौकरी के इंतज़ार में बेहाल हो गई थी। वैकेंसी निकलती तो आवेदन करती। कहीं-न-कहीं कोई विवाद खड़ा हो जाता, फिर रुक जाती बहाली। समस्तीपुर, कोचिंग सेंटर के अधेड़ मालिक द्रुमदल सिंह, उमा के लिए वैकेंसी पर ख़ास नज़र रखते थे। दिल से उसकी मदद करना चाहते थे। उनका मानना था कि औरतों के लिए टीचिंग जॉब सबसे बेहतर और सुरक्षित होती है। वे ग्रामीण पृष्ठभूमि की लड़कियों, औरतों को यही समझाते थे। उन्हें सारी जानकारी मुहैया कराते थे। उमा को उनके रूप में एक बड़ा सहारा मिल गया था। उमा को किसी भी दिन अप्वाइंटमेंट लैटर का इंतज़ार था।

आंगन में अपनी हस्तकला टीम के साथ बैठी उमा गप्पें मार रही थी। इस महीने एक एन.जी.ओ. ने अलग तरह के कलात्मक झोले बनाने का बड़ा ऑर्डर दिया था। सभी लगी पड़ी थीं जी-जान से। रेशमी और सूती धागों का संसार आंगन में फैला पड़ा था। टीम में शोभा पैचवर्क का काम अच्छा कर लेती थी सो एन.जी.ओ. का लोगो बनाने में व्यस्त थी। यह स्त्रियों का साझा संसार था जहाँ सबके चेहरे पर स्वाभिमान का नूर टपकता था। तभी बाहर से कुछ शोर सुनाई पड़ा। कोई गाड़ी रुकी थी। सबसे पहले आंगन में शशिकला देवी दाखिल हुईं, साथ में रिश्ते की औरतें। सबके चेहरे खिले हुए। उमा से अलग बात करना चाहती थीं। उमा ने हैरान होकर देखा। कई साल बाद उसकी तरफ़ कदम धरा और उससे बात कर रही हैं। पिछले कुछ सालों में तो उमा के मरने-जीने की खबर भी न ली। न उमा को अपनी तरफ़ फटकने दिया। ऐसी दीवार खींच दी थी कि दोनों उसके पार नहीं देख पा रही थीं। उमा चकित होती हुई उनके पास गई। शशिकला देवी को सुनते हुए उमा के चेहरे का रंग पल-पल बदल रहा था। कोई एक रंग टिकता न था। सारी औरतें काम छोड़ कर बाहर निकल गईं। बाहर पहले से ही काफ़ी लोग जमा थे। वहाँ तरह-तरह की सरगोशियाँ सुनाई दे रही थीं। औरतें मुँह पर हाथ रखे बोलीं कि उमा के भाग जग गए। ऐसे ही सबके जगें। बारह साल बाद आदमी लौट आया। उमा की तपस्या रंग लाई...माँ का

बेटा लौट आया...अब सब ठीक हो जाएगा...बड़ा दुख देखी हैं सास-बहू...अब सब मिलजुल कर रहें...और क्या चाहिए...

बाहर कुर्सी पर बैठा मालू बेचैनी से पहलू बदल रहा था। निगाह आंगन की तरफ़ थी। वह पहले सीधे आंगन में आना चाहता था, लेकिन माँ ने रोक दिया था। शशिकला देवी खुद को फिर से बीच में रखने की ख्वाहिशमंद थीं। आखिर इस बहू को ब्याह कर तो वही लाई थीं। सीधे बेटे को डील करने कैसे दें, कहीं दोनों मिल गए तो उनका क्या होगा। बड़ी मुश्किल से तो बेटा लौटा है, बहू को अपनाना चाहता है। उनके कलेजे पर रखा पत्थर हट गया था। गायत्री मंत्र का जाप करती हुईं वे उमा से बात करने पहुँची थीं।

उमा ने उनकी पूरी बात सुन ली। उसकी आँखें बार-बार छलक रही थीं। मन हुआ, सारा गुस्सा, मान-सम्मान झटक कर दौड़ जाए, बाँहों में झूल जाए...खूब लड़े, खूब बोले...एक ज़माना बीत गया, पूरे ज़माने की बात कह ले...वो सारी चिट्ठियाँ जो बिन पते के लिखी थीं, उन्हें पढ़वा दे।

उससे बाहर न जाया गया। बाहर की भीड़ उसे अच्छी नहीं लग रही थी। उसने शशिकला को धीरे से कहा, ''उनको अंदर भेज दीजिए। आप लोग जाइए...हम अकेले में बात करना चाहते हैं...''

मालू को इसी पल का इंतज़ार था। पल भर में वह उमा को बाँहों में घेरे हुए खड़ा था। भीड़ बाहर दुआएँ पढ़ रही थी।

उमा से कुछ न कहा गया...फफक कर रो पड़ी। मालू की बातें उसे सुनाई दे रही थीं...

पूरे एक युग की कथा वह उसी पल में बता देना चाहता था। अपने भागने की कथा से लेकर वापस आने तक की कथा। जबरिया ब्याह ने उसके भीतर गुस्सा भर दिया था। घरवालों से बदला लेने के लिए उसने ऐसा किया...अपने हर गुनाह को वह कबूलता गया...मणिपुर में अपनी शादी की बात, फिर बच्चा... फिर पत्नी से मनमुटाव...फिर पत्नी का बच्चे समेत घर छोड़ कर चले जाना... बिना बताए...जाने कहाँ...कोई क्लू नहीं मिल रहा है...

एक बार भी ये नहीं कह पाया मालू कि उसे कभी एकांत में उमा की याद आई। ज़माने की उस कथा में कहीं ज़िक्र न था उमा का।

उमा ने गला साफ़ करके मुलायम आवाज़ में पूछा, ''अब क्यों आए हैं? मुझसे क्या चाहते हैं?''

''अरे, माँ ने बताया नहीं क्या...'' मालू झुँझलाया।

''हमें आपसे जानना है...''

''तुम साथ चलोगी ना, हम कोलकाता शिफ़्ट कर गए हैं, मणिपुर हमेशा के लिए छोड़ दिया है...तुम्हारे साथ नयी ज़िन्दगी शुरू करना चाहता हूँ...मेरे साथ चलो...''

''आपने जो मेरे साथ किया, उस पर शर्मिंदा हैं आप...? हमसे माफ़ी माँगिएगा, सबके सामने...गाँववालों के सामने...अपनी माँ के सामने...लिखित दीजिएगा कि हमसे ये गलती हुई और आगे फिर कभी नहीं करेंगे ऐसा?''

''मेरा जीवन था, मुझे हक़ था अपने हिसाब से फ़ैसला लेने का, लेकिन तुम्हें लगता है, मैंने गलती की तो गलती तो हुई उमा...लेकिन माफ़ी क्यों... पति-पत्नी में एतना कहीं लिखत-पढ़त होता है, तुम कोर्ट हो क्या...? कैसी बातें करती हो...?''

''आप मेरी वो रातें, वो मेरा इंतज़ार, मेरा सम्मान लौटा देंगे...''

''पूरी कोशिश करेंगे...''

अपना तपता हुआ गाल मालू ने उमा के गाल से सटाना चाहा...

उमा पीछे हटी। हाथ से उसके चेहरे को दूर किया।

''आपकी ज़िन्दगी थी, आपने फ़ैसला किया, मेरी ज़िन्दगी तबाह कर दी...एक बार भी सोचा नहीं, कोई अपराधबोध भी नहीं आपको? आपको सब कुछ कितना आसान लग रहा है ना मालू बाबू?''

उमा के मुँह से मालू बाबू सुनकर मालू को अजीब-सा लगा। वह तो एक ग्रामीण, देहाती पत्नी की उम्मीद में आया था, जिसे लेकर उसकी अलग राय थी। जिसमें एक राय ये भी थी कि देहाती पत्नियाँ ज्यादा टिकाऊ होती हैं।

''उमा कुमारी ठाकुर...चलिए अब चलने की तैयारी करिए...माँ से बात हो गई है, गाँववाले भी सब बहुत खुश...सब आपकी तारीफ़ कर रहे थे। गाँव वालों पर तो तुमने जादू कर दिया है...''

''अगर मैं न जाना चाहूँ तो...?''

''तो मैं तीसरी शादी कर लूँगा...मत जाओ...मुझे पत्नी चाहिए...औरत चाहिए...मुझे घर बसाना है...अकेले जीवन नहीं काटना है...वंश चलाना नहीं है क्या..? एकलौता बेटा हूँ खानदान का। दामोदर ठाकुर का बेटा मालभोग ठाकुर नि:संतान नहीं मरेगा उमा देवी...समझीं...चलिए...अब तक आप मेरे घर में हैं,

मेरी पत्नी के रूप में...आप पर मेरा हक बनता है...मर्ज़ी से नहीं जाएँगी तो जबरन ले जाऊँगा...जब तक साथ नहीं चलतीं, मैं यहाँ रहूँगा...''

मालू गुस्से में काँप रहा था। वह इतने साल बाद लौटा है और पत्नी स्वागत करने के बजाय बहस तलब कर रही है।

बाहर तक मालू का चीखना पहुँच गया था। बाहर खड़ी भीड़ के सुर बदल गए थे।

''ऐसे कोई करता है क्या, इतने दिन बाद भाग जगे हैं, अब तो सुख के दिन आए हैं, क्यों नखरे कर रही है...?''

शशिकला देवी की आवाज़, ''चार पैसे क्या कमाने लगी, चार अक्षर क्या पढ़ लिए, दिमाग खराब हो गया है इस औरत का...जाना तो पड़ेगा चाहे थाना सिपाही करना पड़े...''

उमा ने मालू को घर से निकल जाने का इशारा किया। वह बौखलाया हुआ पलटा। मन हुआ एक तेज़ झापड़ लगा दे और झोंटा घसीट कर गाड़ी में बिठा ले। शशिकला देवी किसी से थानेदार को बुलाने की बात कर रही थीं।

बाहर ये सब चल रहा था कि उमा अपने हाथ का बनाया हुआ कलात्मक झोला लिए हुए बाहर निकली। क्रीम कलर का दुपट्टा ओढ़ा, जिस पर अपने हाथों से मिथिला पेंटिंग बनाई थी।

'' श्रीमान मालभोग ठाकुर...आप अपने नाम के अनुसार ही बहुत घटिया इन्सान हैं। जाने क्या सोचकर आपका नाम आपके खानदान ने रखा। नाम का बहुते असर होता है इन्सान पर। हम औरतें आपके लिए माल नहीं हैं कि एक से मन भर गया तो दूसरी को भोगने आ गए।''

''मुझे खेद है कि अब तक आपके घर में रही, पत्नी की तरह...यह कैद मेरी चुनी हुई थी, आज से आज़ादी भी मेरा चयन। आपका घर, आपकी पहचान, सुहाग के चिन्ह जिन्हें मैंने कर्तव्य समझ कर ढोया, ये सब यहीं छोड़ कर जा रही हूँ...संभालिए...''

''थाना सिपाही आप क्यों बुलाएँगी, अम्मा जी...हमीं बुला देते हैं...हम बच्चे नहीं, पुलिस जानती है कि एक युग के बाद रिश्ता अपने आप खत्म हो जाता है...हमारे गाँव में तो बारह साल बाद गायब आदमी को मरा हुआ मान कर श्राद्ध भी कर देने का रिवाज है, यकीन न हो तो पंडित जी को बुला कर पूछ लीजिएगा।''

तनाव से उमा कँपकँपा रही थी। काँपते हाथों से उसने झोले से अपना मोबाइल निकाला कि मोबाइल बज उठा। मंगरु की पत्नी पीछे आ खड़ी हुई थी। उमा ने उसको आदेश दिया, ''घर खाली कर दो, काम का सारा सामान यहाँ से ले जा...हम अपना घर बनाएँगे।''

मंगरु की बीवी काम में जुट गई। पैर पटकता हुआ मालू बाहर की तरफ़ जाकर ज़ोर-ज़ोर से चीखने लगा था। उमा बेपरवाह, मोबाइल पर बात करती हुई सधे कदमों से सड़क की तरफ़ बढ़ी। गहरे तनाव में थी मगर पहली बार उसे नींद की तलब महसूस नहीं हो रही थी।

गंध-मुक्ति

अस्पताल के कॉरीडोर में बैठे-बैठे सपना ऊब गई थी। लगातार लोगों की आवाजाही लगी थी। अपनी पारी का इंतज़ार करती हुई उसने आँखें मूँद कर पीछे दीवार से सिर टिका दिया। उसे अंदाज़ा था कि उसका नंबर देर से आएगा। शहर का सबसे व्यस्ततम् अस्पताल है, मनोचिकित्सा का। वह पागल नहीं है, मगर कुछ है जो उसे पागल बनाए हुए है। कोई बीमारी नहीं, सब कुछ दुरुस्त है...फिर क्यों कहीं भी खिंची चली जाती है। बगल में बैठी हुई उसकी खास दोस्त नेहा अपने मोबाइल में बिज़ी थी। सपना, सोच में डूबी, अपना ही आकलन कर रही थी कि कोई भीनी-भीनी गंध नथुनों से टकराई। झटके से तंद्रा टूटी। आँखें फाड़-फाड़ कर चारों तरफ़ देखा कि ये गंध किधर से आ रही है। सारे लोग अपनी पारी के इंतज़ार में बैठे थे, एक औरत दूर जाती हुई दिखी। उसकी पीठ पर लटकी हुई चुन्नी के दोनों कोर हिल रहे थे। बैगनी रंग का सूट पहने वह मचलती हुई बाहर जा रही थी। सपना झटके से अपनी सीट से उठी और उस औरत के पीछे भागी। वह औरत लंबे गलियारे में चलती रही, पीछे-पीछे सपना घिसटती रही। उस औरत तक पहुँचना था। जैसे-जैसे करीब आती जा रही थी, गंध तीखी होती जा रही थी। लगता था कि पूरी शीशी उड़ेल कर आई थी या खुशबू में नहा कर आई। लपकती-झपकती हुई उस औरत के आगे खड़ी हो गई। लगभग मदहोशी का आलम था। गंध से चकराकर वह गिरने वाली थी कि पीछे-पीछे लपकती हुई नेहा आई और उसे थाम लिया।

''कौन-सी गंध है...क्या नाम है...प्लीज़ बताइए...क्या लगाया है आपने... ?''

लड़खड़ाती जुबान से पूछ रही थी। वह औरत उसे इगनोर करके जा चुकी थी। गंध भी दूर। अब वह सचेत हो गई थी। नेहा उसे वापस सीट की तरफ़ ले आई। कुछ समय से खास गंध का पीछा करते-करते थक चुकी थी। कुछ

तलाशो और वो न मिले तो बेचैनी अपने चरम पर पहुँच जाती है। उसके दिल की हालत आजकल कुछ ऐसी ही हो गई थी। अपनी सबसे करीबी दोस्त नेहा से पूछा था, ''यार, तुझे भी कोई गंध परेशान करती है कभी...जैसे मन करता हो, उठ कर उस गंध के पीछे चले जाएँ...या उसकी याद खींचती हो, आप अनायास कहीं दूर तक चलते चले जाएँ...''

नेहा ने चकित होकर पूछा, ''नहीं, तेरे साथ होता है ऐसा...लेकिन क्यों...गंध का क्या चक्कर है, कैसी होती है... ?''

नेहा को चिंता हो गई, कहीं ये लड़की पगला तो नहीं रही है। धीरे-धीरे सनकीपन की तरफ़ बढ़ते हुए उसने अपने भाई को देखा था। वो हर थोड़ी देर में हाथ धोने नल पर पहुँच जाता था। इतनी बार हाथ धोता कि उसके हाथ हमेशा गीले ही रहते। घरवालों ने साबुन छुपा दिया, नल में पानी की आपूर्ति बंद कर दी। फिर भी वह न माने। कहीं से ढूँढ़ कर पीने वाला पानी ले आता और हाथ धोने लगता। धोते-धोते कहता, ''मुझे गंदगी से सख्त नफ़रत है, कितनी धूल जमती है हाथों पर...देखो तो...सबको हाथ धोने चाहिए...''

एक दिन उकता कर पापा ने हैंड सैनिटाइज़र लाकर दिया।

''लो, हाथ ही धोना है ना, इसकी एक बूँद हाथ पर रखो, और पूरी तरह लगा लो, सारे बैक्टिरिया खत्म...''

कोई भला अपने हाथ से इतना घिनाता है, गोरे-चिट्टे हाथ हैं, कोई मिट्टी थोड़े न खोदता रहता है, न घर की सफ़ाई करता है। माँ जानती थी कि प्रतियोगी परीक्षाओं की तैयारी में जुटा हुआ बेटा वहमी है, वो हैंडसैनेटाइज़र का इस्तेमाल बिलकुल नहीं करेगा। वही हुआ। पापा के जाते ही उसने शीशी कूड़े में फेंक दी और वाश बेसिन के पास हाथ धोने पहुँच गया। जवान लड़के को कौन रोके...कैसे रोके...डॉक्टर के पास तब जाए ना जब उसे लगे कि कोई बीमारी हुई है उसे। वो तो सामान्य मानता था इस आदत को। हर बात सामान्य थी, सिवाए हाथ धोने के। जो लोग उस पर हँसते या आपत्ति जताते, उन्हें वह आश्चर्य से घूरता और उन्हें गंदा साबित करता। कुछ समय बाद लोगों ने कहना छोड़ दिया, उसने इस पर सुनना बंद कर दिया। विचित्र आदतों के बारे में नेहा ने बहुत कुछ देख-सुन रखा था। लेकिन उसकी दोस्त की हालत तो ज़रा अलग थी। मदद करने में असहाय महसूस करने लगी थी।

नेहा अपने परिचित डॉक्टर विमल कुमार के पास सपना को लेकर आ ही

गई। हर समय गंध को खोजना, कुछ अजीब-सा लगता था। जब भी मिलती थी, वो नाक से कुछ सूँघने का प्रयास कर रही होती थी। नेहा को बड़ी उलझन होती थी। उसे समझ न आया था कि ये कोई मनोवैज्ञानिक रोग है जो इसे लग गया है। इन दिनों ज्यादा बढ़ गया है। पता नहीं इसके घरवालों ने ध्यान क्यों नहीं दिया। पीजी होस्टल में रहने वाली लड़कियाँ सबकी सब अजीब हरकतों वाली निकलती हैं। सपना सबसे अलग थी।

बिहार के छोटे से कस्बे से निकलकर दिल्ली तक आई थी। अपने साथ गंध की खोज लेकर। अपने परिवार के बारे में ज्यादा बताया नहीं सिवाए इसके कि उसकी माँ नहीं हैं। माँ बचपन में ही गुज़र गई। हल्की, धुँधली-सी याद है, अँधेरे उजाले में एक परछाई डोलती रहती है। लबादा ओढ़े, भागती हुई हरदम। उसे अक्सर लगता, वो परछाई उसके पीछे भाग रही है। शायद माँ की परछाई थी वो। मृत्यु के बाद भी जैसे पीछे डोल रही हैं। बड़ी होने तक ऐसा ही महसूस होता है। यह बात पिता को नहीं बता पाई। पिता को उतनी फुरसत कहाँ, अपनी दूसरी पत्नी से। इतने मगन हैं कि अधेड़ावस्था में जवान बीवी मिली है, निहाल हुए जा रहे हैं। नई माँ थोड़ी ही तो बड़ी होगी उससे। जाने पटी नहीं या उसने पटाना नहीं चाहा।

माहौल ज्यादा तनावपूर्ण रहने लगा तो पापा ने छोटे भाई के परिवार के पास रहने, पढ़ने भेज कर मुक्ति पा ली। नये माहौल में बड़ी होती हुई वह इस बात से निश्चिंत थी कि यहाँ उसे प्यार की दरकार नहीं थी। न उसकी तलब महसूस होती। सब कुछ सामान्य था। सिवाए उस एक गंध की तलाश के। वैसे हर तरह की गंध पर बेचैन होती, उसका पीछा करती फिर लौट आती। वो गंध जो उसके नथुनों में बसी हुई थी, मिल नहीं रही थी। न ही उसका पता चल पा रहा था। बस इतना एहसास होता था कि इस गंध का पता डार्कनेस में मिलेगा। वह खास गंध जब भी उठती है, अँधेरा-सा छा जाता है। कुछ परछाइयां हलचल में आ जाती हैं। धुएँ की लकीर-सी दिखाई देने लगती है। एक चिंगारी चमकती है फिर लोप। वह आँख मूँद लेती है और फिर सब ओझल। बच जाती है सिर्फ़ गंध। बेहद तीखी गंध। जवानी में कदम रखती हुई उसने परफ्यूम तक न छुआ। डर लगता था, अनजाना डर। तीखी गंध से उसे दौरा-सा पड़ता था। नेहा इस बात को समझ गई थी। वह जब भी सपना से मिलती, भीनी खुशबू वाला परफ्यूम लगाकर आती। वह जान गई थी कि तेज़ गंध से विचलित हो उठती है सपना।

फिर सँभालना मुश्किल होता है। ऐसे में सपना को देखकर डर जाती है नेहा। पूरा चेहरा लाल हो उठता है, आँखें जल्दी-जल्दी खोलती और बंद करने लगती है। उठ कर भागना चाहती है। चारों दिशाओं में सूँघना चाहती है। दोनों हाथों से किसी को भगाती है। गाँव में होती तो लोग भूत-प्रेत बाधा समझकर झाड़-फूँक करने लगते। शुक्र है, दिल्ली में है तो लोग समझते हैं कि किसी मनोवैज्ञानिक समस्या से जूझ रही है। कारण भले न समझ पाएँ, मगर प्रेत-बाधा तो नहीं ही समझते हैं। सपना के चाचा का परिवार हल्के में लेता था इस बात को या सपना उनके सामने खुलती नहीं थी। दोनों तरफ़ से रिश्तों का निर्वाह भर हो रहा था। पापा के पैसे समय पर आ जाते थे, कॉलेज की पढ़ाई जारी थी। अब तो सोशल साइंस में शोध भी करने लगी थी। जल्दी ही अलग घर लेकर रहने की योजना बना रही थी। छोटा-मोटा काम ढूँढ़ रही थी जिसे करते हुए पढ़ाई भी जारी रख सके। लेकिन नेहा चाहती थी कि अलग रहने से पहले सपना पूरी तरह ठीक हो जाए। चाहे यह बीमारी हो न हो, किसी तरह की मनोवैज्ञानिक समस्या ही क्यों न हो, उससे मुक्ति पा ले फिर अकेले रहना उचित होगा। किसी दिन अकेली किसी गंध के पीछे भाग गई तो जाने क्या कांड हो जाएगा। दिन में नहीं, रात का डर लगता है नेहा को। जवान और स्मार्ट लड़की है, जाने किधर निकल जाए और कौन-सा हादसा हो जाए। पिछले दिनों लड़कियों के साथ हुए कुछ हादसों ने सभी जवान लड़कियों और उनके माँ-बाप को डरा दिया था। सपना के चाचा-चाची भले न डरें, दोस्त होने के नाते नेहा बहुत डरी रहती थी। उसे खोई-खोई सी रहने वाली लड़की सपना से अगाध मोहब्बत जो थी। सपना की चाची कहती थी, ''लो, चल पड़ीं चंपा-चमेली। चैन नहीं, एक-दूसरे के बिना...''

इतना कहकर वे सामान्य ढंग से मुस्कातीं, अर्थहीन, गंधहीन, लास्यहीन मुस्कान। जो अक्सर सड़कों पर कुछ लोगों के चेहरे पर दिखाई देती है।

नेहा ने सपना को ले जाने से पहले डॉ. विमल कुमार से लंबी बात की थी। उन्होंने ही कहा था, ''पेशेंट को लेकर आओ...मिल कर ही केस समझा जा सकता है...''

फ़ोन पर ही उन्होंने लक्षण सुनकर बताया था कि उसे 'ऑब्शेसिव कंपलसिव डिसऑर्डर' हो सकता है। इसकी सिंपल थ्योरी है कि कोई भी चीज़ या सेंसेशनल चीज़ चाहे वो घटना हो, भाव हो, डर हो, चेहरा हो जिसके बारे में हमको पता होता है कि ये 'इ-रेशनल' है, वो हमारे 'लॉजिक सिस्टम' में घुसती

है और उसको नष्ट कर देती है। मन उसे 'अन-डू' करना चाहता है। लेकिन वो हमें परेशान करती है...कोई ख़याल आए तो उस एक काम को ही बार-बार करने का मन करेगा...

नेहा ने बीच में ही बात काट कर मिलने का समय ले लिया था। दोनों समय पर पहुँच गई थीं अस्पताल। सपना को यहाँ तक लाना आसान न था। नेहा ने बहुत ज़िद की। सपना ने एकाध बार हल्के से लिया और उसे गाना सुना दिया—हम पागल नहीं हैं भइया, हमारा दिमाग खराब है...

दोनों ठठाकर हँस पड़ी थीं। नेहा जानती थी कि सपना की गंध का इलाज हो न हो, वजहें तो पता चल ही जाएँगी। जब वजह पता हो तो इलाज भी आसान होता है। कई बार वजहों में ही ट्रीटमेंट के सूत्र भी छुपे होते हैं।

डॉक्टर के पास जाने की अपनी पारी का इंतजार करते हुए सपना दो बार किसी-न-किसी गंध के पीछे भागी थी। वो अक्सर किसी स्त्री या किसी व्यक्ति के पीछे भागती। उसे अस्पताल की गंध नहीं खींचती थी। दवाइयों, सूइयों और एनस्थीसिया की मिलीजुली गंध भी फैली हुई थी कॉरीडोर में। कुछ लोग उस गंध से नाक-मुँह ढँक रहे थे। नेहा ने भी मन को भटकाना चाहा। सपना बेअसर थी, उस गंध से। उसे वो गंध नहीं खींच रही थी। नेहा को इससे थोड़ी हैरानी हुई। गंध-गंध में अंतर समझती है सपना। किसी गंध तक वो पहुँच नहीं पा रही थी। न ही उसे व्याख्यायित कर पा रही थी। नेहा उसे पकड़कर लाई तो इस बार उसका हाथ छोड़ा नहीं। उसे बातों में उलझाए रही। बस छठे नंबर पर उनकी पर्ची लगी हुई थी। चार नंबर का अंदर सेशन चल रहा था, एक के बाद नंबर आने वाला ही था।

सपना सुबह से कुछ उखड़ी-सी, अनमनी लग रही थी।

"क्या हुआ, कुछ अपसेट हो, सब ठीक हो जाएगा, डॉ. विमल बहुत सुलझे हुए, फ्रेंडली हैं बहुत, तुम्हें मुक्ति मिल जाएगी...ये कोई बीमारी नहीं, वहम है तेरा...वहम जितनी जल्दी दूर हो, उतना अच्छा..."

सपना ने निर्विकार भाव से उसे देखा। फिर मोबाइल पर मैसेंजर खोलने लगी।

"आज सुबह से कुछ अच्छा नहीं लग रहा है यार, जाने क्यों लग रहा है, कहीं कुछ हुआ है, पता नहीं क्या...मगर किसी अशुभ की आशंका हो रही है मुझे..."

''घर फ़ोन कर ले...वहाँ सब ठीक है ना... ?''

''मैं नहीं करती, पापा ही करते हैं कभी-कभी, उन्हें तो मुझसे कोई मतलब ही नहीं, बस हाल पूछा, पैसों के बारे में पूछा और फिर कहेंगे..अच्छे से रहना वहाँ...यहाँ सब ठीक है, आने की ज़रूरत नहीं, क्या करोगी यहाँ आकर, तुम्हारा भविष्य वहीं पर है, वहीं नौकरी तलाशो, जल्दी लड़का ढूँढ़ेंगे...शादी डॉट कॉम पर प्रोफ़ाइल बनाओ...''

''बस यही कुल उनकी बातें होती हैं। मैं बोर हो चुकी हूँ। कोई कब तक सुने एक ही बात बार-बार...''

''तो तुम साफ़-साफ़ बोलती क्यों नहीं उन्हें कि अभी तुम्हें शादी नहीं करनी, पहले करियर बनाना है, मुझे मेरे हाल पर छोड़ दीजिए...'' नेहा ने उसे भड़काया।

सपना मैसेंजर पर तेज़ी से किसी से चैट करने लगी।

''तुम्हारे मोबाइल में नेटवर्क आ रहा है यहाँ... ?'' नेहा ने हैरानी से पूछा।

''हाँ, क्यों...'' सपना ने सिर उठाया। उँगलियाँ रोक लीं।

''मेरे मोबाइल में सिगनल गायब है।''

''किससे बात हो रही थी मैडम...दिखा तो सही...'' नेहा ने झपट्टा मारना चाहा कि सपना का फ़ोन घनघना उठा।

फ़ोन कान में लगाती हुई वह बाहर की तरफ़ भागी। स्क्रीन पर नाम देखकर विचलित हो गई थी। नेहा उसके पीछे-पीछे। डॉक्टर के असिस्टेंट ने आवाज़ लगाई, ''पेशेंट नंबर छह...''

उसने हैरानी से दोनों लड़कियों को बाहर जाते देखा। कुछ दूर तक उनके पीछे गया, वे ओझल हो गईं तो लौट आया।

''पेशेंट नंबर-7।''

कॉरीडोर में उसकी आवाज़ गूँजी, वहाँ बैठा अधेड़ स्त्री-पुरुष का एक जोड़ा उठकर अंदर चला गया। जल्दी नंबर आ जाने से उस स्त्री के चेहरे पर राहत दिख रही थी।

बाहर सपना, गाड़ी पार्किंग में जाकर कुछ ज़ोर-ज़ोर से बात कर रही थी। बात करते-करते वह फूट-फूट कर रोने लगी। नेहा को लगा, अब हस्तक्षेप करना पड़ेगा। उसने उसके हाथ से मोबाइल छीन लिया।

फ़ोन पर एक स्त्री की रोती हुई आवाज़ आ रही थी, ''पापा नहीं रहे...''

सपना को वहाँ से किसी तरह सँभालती हुई नेहा घर लेकर आई। जल्दी से मोबाइल से पटना का टिकट कराया और पटना से आगे जाने के लिए टैक्सी तक बुक कराई। सब कुछ आनन-फानन में। शाम की इंडिगो फ़्लाइट थी, बहुत महँगी थी, रात वाली थोड़ी सस्ती थी। सपना कोई रिस्क नहीं लेना चाहती थी। सपना का विलाप जारी था। दोपहर की फ़्लाइट से ही निकलना चाहती थी ताकि पापा के अंतिम दर्शन कर सके।

सालों बाद घर वापस जा रही थी। जब से आई थी, सिर्फ़ एक बार जाना हुआ था, वह भी भूल गई। फिर किसी ने कभी बुलाया ही नहीं। दादा जी की मृत्यु की खबर भर मिली थी उसे जब चाचा जी गाँव गए थे, सपरिवार। वह अकेली रही थी घर में। यहाँ पापा ही आ जाते थे कभी-कभार। एक दिन रुक कर चले जाते थे। सपना वैसे भी कम बोलती थी। पापा के सामने तो जैसे होंठों पर ताला जड़ जाता था। उसे लगता कि अजनबियों से क्या बात करे। अजनबियों के बीच में जीते-जीते चुप-सी लग गई थी।

रिश्तेदारों से ज्यादा अजनबी उसे कोई न लगा। न कोरियरवाले लड़के, न सफ़ाईवाला चिंटू, न रोज़ काम पर आती मेड, न राशनवाला, कोई अजनबी नहीं लगा। पहली बार मिलते ही सबने अपनी मुस्कान से अजनबीयत दूर कर दी थी। उसने इस घर में अपने सामने कभी किसी को मुस्कुराते नहीं देखा था। शायद सब बचते होंगे इसके सामने, कहीं मुस्काए तो सपना करीब न आने लगे। रिश्तेदारों को करीब आने से डर लगता है शायद। एक तन्हा और साधनहीन लड़की के करीब कौन आना चाहेगा। जिसे नौकरी करते ही यहाँ से चला जाना है। जो हर महीने मिलने वाले सीमित पैसों के दम पर जीती है। जिसकी सुबहें और शामें बेहद उबाऊ हैं, उजाड़ हैं जैसे उत्सव के बाद कोई पंडाल नज़र आता है, वैसा ही भाव हमेशा ओढ़े उस घर में वक्त काट देती है।

कामवाली बाला ने एक दिन टोका था, ''दीदी, बाहर तो आपको हँसते-बोलते देखा है, घर में काहे चुपचाप रहती हो... ?''

नेहा ने भी कहा था, ''बाहर तो तू बिलकुल बदल जाती है...बाहर ही रहा कर...कैसे रहती हैं, इस गैस चेंबर में...''

मुँह बनाती नेहा। सपना खिड़की खोल कर सामने का पार्क देखने लगती, जिसमें सुबह-शाम रौनक रहती। इससे वह अपने भीतर कुछ चहलपहल भर लेती थी। हवा में सूँघती हुई गंध खोजने की कोशिश करती। वह गंध ही मिसिंग थी। सबसे बड़ी मिसिंग...

माँ से ज़्यादा...पिता से ज़्यादा...उस घर से ज़्यादा, जिसे बचपन में ही छोड़ देना पड़ा था। ये गंध उसी घर से तो लेकर आई है। मगर कैसे, क्यों...क्या... ये तीन सवाल परेशान करते थे। कोई भी तीखी गंध उसे बेचैन करती थी और वह उसका पीछा करने लगती थी। जैसे आधी रात में प्यासी आत्मा पुकारती हो किसी बिछड़ी देह को...अपने लिए एक देह ढूँढ़ती हुई आत्मा की तरह वह छटपटाने लगती।

गंध की परेशानी वाली बात धीरे-धीरे फैल गई थी सभी रिश्तेदारों में। तरह-तरह की बातें होने लगी थीं। लोग अजीब-अजीब बातें करते। बाला ने ही बताया था, ''दीदी, आपकी चाची बात कर रही थीं, अपनी किटी पार्टी में कि कोई जिन्न-विन्न का चक्कर हो तो ऐसा होता है। जिन्न होता है ना, मुसलमान भूत...खराब नहीं होता है, खाली खुशबू से खिंचा चला आता है। शाम को या रात को खुशबू लगाकर आप मत सोया करिए...वह जवान लड़कियों पर काबू पा लेता है...''

''मतलब... ?'' सपना की आँखें फैलीं...

''मल्लब कि दीदी...जो लड़की खुशबू ज़्यादा लगाती है ना, उसके ऊपर चढ़ जाता है जिन्न...सोता है...आपको पता थोड़े न चलेगा...नींद में दबोच लेता है...सुबह आप गौर करिएगा, आपकी देह पर कोई निशानी छोड़ जाएगा...''

बाला जब बोलती है तो उसके अधखुले बाल और फैल जाते हैं। गहरे कट का ब्लाउज़ झुकने पर उसकी छातियों का उभार और दिखने लगता है। घुटनों तक चढ़ी हुई सूती साड़ी, और बिछुओं से भरी हुई पैरों की उँगलियाँ। कानों में भी कम-से-कम पाँच छोटी-छोटी बालियाँ। यानी पूरी तरह सजावट की दुकान। वो बेखबर है या लापरवाह है। रोज़ की ही बात है, जाने कितने घरों में इसी तरह झाड़ू-पोंछा करती है। मन हुआ कह दे—जिन्न को तेरे ये छलकते हुए अंग नहीं दिखते, इस पर क्यों नहीं मोहित होता वो, खुशबू के पीछे क्यों पड़ेगा भला...मन-ही-मन सोच कर रह जाती सपना। कहती कुछ नहीं।

बाला बोलती रही, मानो वह जिन्न एक्सपर्ट हो। सपना को हँसी आ गई। अपनी देह की तरफ़ देखा। हाथ में खरोंच के निशान थे। तुरंत पीछे कर लिया हाथ, बाला कहीं देख न ले। ये खरोंच तो खुद उसी ने बेचैनी की हालत में लगाई थी। इसका जिन्न-विन्न से क्या लेना-देना। वह खुशबू लगाती ही नहीं तो कहाँ

से आएगा जिन्न। कौन समझाए बाला को। चाची भी कितनी अंधविश्वासी हैं। अगर उन्हें ऐसा लगता है तो सीधे मुझसे पूछ लेतीं। अजनबीयत इतनी कि हाल पूछने पर भावुक होने का खतरा क्यों उठाए वे। बाला की बात को अनसुना करके सपना अपने काम में लग गई। जाने कितनी कहानी बना लेते हैं लोग। इतना समझ गई कि लोग बात करने लगे हैं तो कुछ करना पड़ेगा। ऐसे वक्त में नेहा संकटमोचक की तरह प्रकट हुई। उसे लगा था कि साइकेटेरिस्ट से बात करके कुछ तो रास्ता निकलेगा ही। लेकिन इसका मौका ही नहीं मिला। एक फ़ोन ने ज़िन्दगी उलट कर रख दी थी। एक खबर ने ज़िन्दगी को सवाल बना दिया था। अब क्या...पापा के जाने के बाद...क्या होगा...?

उसकी दूसरी माँ, जिसे उसने एक बार देखा था, सौतेला भाई, जिससे कभी नहीं मिली, क्या उसे स्वीकारेंगे, उसके लिए कुछ करेंगे...या...

इसी तरह के अनेक सवालों से घिरी हुई सपना पटना जा रही थी। आँसू सूख चुके थे। उसे यही समझ में नहीं आ रहा था कि वह रोई किसलिए...पापा के लिए या हर महीने मिलने वाले उस पैसे के लिए, जिससे उसका जीवन चल रहा था। रोई तो खूब थी। नेहा सँभालते-सँभालते हलकान हुई जा रही थी।

एयरपोर्ट पर सपना को ड्रॉप करते हुए नेहा ने चेताया था, ''किसी गंध के पीछे भागना मत। पकड़ लेंगे लोग और कुटाई हो जाएगी। बी केयरफुल। लौट कर आओ तो इस बार डॉ. विमल को घर पर ही बुला लेंगे। ज़्यादा फ़ीस दे देंगे। हम विमहैंस नहीं जाएँगे। वेटिंग बहुत लंबी होती है, अप्वाइंटमेंट का कोई मतलब नहीं...इंतज़ार फिर भी करना पड़ता है... ।''

सपना द्वंद्व में थी। जा तो रही थी मगर भीतर में दुख के बावजूद जाने का मन नहीं हो रहा था। जाने क्यों, उसे लग रहा था, सब लोग कैसा व्यवहार करेंगे। कैसे झेलेगी, उन्हें, जिनसे कोई मतलब नहीं रहा कभी। देश निकाला देने वालों के साथ गले लगकर कैसे रोएगी...किसके लिए...

आखिर रोना किस बात पर आ रहा है? फ़्लाइट की खिड़की से बादलों को देखते हुए भीतर में अकेलापन और गहराता जा रहा था। मन के प्रदेश में इतना ही तो वीराना है। बादलों की गंध नहीं होती। जब तक धरती पर न गिरें। आँखें मूँदी तो भीतर में सफ़ेद रंग फैलने लगा। हल्की, हल्की होकर वह बादलों पर पैर रख कर कूद रही है। कोई छाया गुत्थमगुत्था दिखने लगी। सफ़ेदी गायब होने लगी, बादलों पर लाल रंग के धब्बे दिखने लगे। अचानक बादल धुएँ में

बदलने लगे और तेज़ गंध उठी। वह चीख पड़ी।

आँख भक्क से खुली। मुँह पर हाथ रख लिया। फ़्लाइट में ज़्यादातर लोग ऊँघ रहे थे। रात की फ़्लाइट में ऐसा नज़ारा आम होता है। चीख सुन कर मिडिल सीट पर बैठा युवक डर गया। हैरानी से देखते हुए पूछा, ''आर यू ओके?''

''याऽऽ...आय एम ओके, थैंक्स...''

खिड़की की तरफ़ मुँह घुमाकर सिर टिका लिया। चीख तेज़ होती तो क्या होता। उसने आँखें खुली रखीं।

कौन थीं वे दो छायाएँ...क्यों थीं गुत्थमगुत्था, लाल रंग के धब्बे क्या थे... वो धुआँ, वो तीखी गंध... ?

ये सारी चीज़ें आपस में जुड़ी हुई थीं। इन्हें खोल पाना मुश्किल हो रहा था। मन के भीतरी संसार में बेचैनी और तेज़ होती जा रही थी। आत्मा पर कोई बोझ ढोए चल रही हो मानो।

पटना से अपने कस्बे तक पहुँचने में दो घंटे लग गए। मनिकपुर तक पहुँचने के लिए दीघा पुल बेहतर रास्ता है। टैक्सी पुल पार करके वैशाली के आस-पास ट्रैफ़िक में फँस गई थी। रास्ते में सिर्फ़ एक बार फ़ोन आया था, कोई रिश्तेदार था। उसी ने बताया कि हॉस्पिटल से बॉडी लेते हुए देर हुई। दाह-संस्कार अगले दिन सुबह होगा। देर शाम को नहीं होता है, इसलिए पापा की बॉडी को घर पर ही रखेंगे रात भर। आखिरी दर्शन हो जाएँगे।

सूचना देने वाले को उसने थैंक्यू कहा और अँधेरे में डूबे खेतों की तरफ़ देखने लगी। ये सारे मंज़र अनजाने थे, उनसे जुड़ी कोई स्मृति नहीं थी उसके पास। मार्च के महीने में यहाँ के खेत भी हरे-सुनहरे दीखते हैं, शायद...ये फ़िल्मी स्मृतियाँ थीं। एक बार दोस्तों के ग्रुप के साथ विलेज टूरिज़्म किया था, समर गोपालपुर, रोहतक के पास। शहरी सुविधाओं वाला गाँव था, वही एकमात्र स्मृति है। जो इस रास्ते से बिलकुल मेल नहीं खाती है।

अभी तो बहुत कुछ दिखने वाला था, जो उसकी स्मृतियों से बाहर का होगा...जाने घर कैसा होगा, सब कैसे रहते होंगे, वो कमरा, जिसकी धुँधली-सी स्मृतियाँ हैं...जिसमें कुछ परछाइयाँ रहा करती थीं...रंग उतरी दीवारें, दीवार से लगी चौकियों पर बिस्तर। फट्टियों में बंधी मच्छरदानी। होंगी या नहीं...

टैक्सी घर के बाहर पहुँच चुकी थी। बिलकुल स्टेट हाइवे से सटे एक बड़े से, दुतल्ला मकान के आगे रुकी थी गाड़ी। बाहर अँधेरा और उजाला दोनों थे।

बाहर कुर्सियों पर लोग बैठे थे। सबके चेहरे गमगीन थे। गमछे से सबने चेहरा छुपा रखा था। सबसे पहले नेहा को टेक्स्ट कर दिया कि ठीक-ठाक पहुँच गईं और समय मिलते ही फ़ोन करेगी, चिंता की कोई बात नहीं है।

उसे रिसीव करने कोई घर से निकला नहीं। उसकी निगाहें उस कमरे को ढूँढ़ रही थीं जो उसकी स्मृति में कौंधता है बार-बार। कदम बढ़े उसी तरफ़। दरवाज़े पर ठिठक गई। कमरे के अंदर कुछ औरतें ज़मीन पर चादर बिछा कर बैठी थीं।

सामने पापा की बॉडी मशीन में रखी थी। फूलमालाओं से लदी हुई। कमरे में चारों तरफ़ कोई तीखी गंध फैली थी। धुएँ की लकीर-सी उठती दिखाई दी। दीवारों की तरफ़ देखा...दो परछाइयाँ वहाँ लड़ रही थीं...एक-दूसरे से गुत्थमगुत्था...एक परछाई बहुत ताकतवर थी, उसने दूसरी दुबली-पतली परछाई के ऊपर कुछ उड़ेल दिया, बड़ा-सा डिब्बा जैसा कुछ दिखा...वो परछाई भाग रही है, चीख रही है, कमरा बंद है, दीवारों से टकरा कर वह गिर पड़ी।

एक छोटी-बच्ची कमरे में दीवार से चिपकी चीख रही है...उसे ताकतवर परछाई ठोकर मार कर दूर फेंक देती है...दीवार से टकरा कर वह बच्ची चुप हो जाती है, कुछ पल के लिए बेहोशी में डूब जाती है। जब होश आता है तो घर में बहुत लोग दिखाई देते हैं, वह चीख मारकर रोती हुई उसी कमरे में भागती है, कमरे की सफ़ाई की जा रही है...वहाँ अजीब-सी, तीखी दुर्गंध भरी हुई थी। वहाँ एक औरत सफ़ाई में जुटी हुई है, वह ढेर सारी तीखी गंध वाली अगरबत्तियाँ जलाए जा रही है...उसके धुएँ से कमरा भरा हुआ है...दीवारें काली हो चुकी हैं, चिरायंध गंध-सा कुछ हवा में फैला हुआ है।

यादों के कपाट खुलते जा रहे थे—

आंगन में एक परछाई बैठी हुई कुछ गुनगुना रही है...

''फुलवा में फुलवा एगो चम्पा फुलवा

गोरिया करैये सिंगार चमेली फुलवा

फुलवा लोढते भेलै रतिया

दफेदरवा बलमजी छेकले बटिया...''

धीरे-धीरे उसकी आवाज़ ऊँची होती जाती है। तभी दूसरी हट्टी-कट्टी परछाई आती है, दुबली पतली छरहरी परछाई को पीछे से दबोच लेती है। दोनों परछाइयाँ एक हो जाती हैं। अर्द्धनींद में सोई हुई बच्ची ने उसके बाद कुछ नहीं

देखा। उसे कोई गोद में उठाकर कहीं ले गया। दूर...बहुत दूर...वो अब लौटी है...

अँधेरे में बच्ची हिलती-डोलती चली जा रही थी कहीं। जब जगी तो उजाला था और दुनिया का भूगोल बदल चुका था और उसके नागरिक भी बदल गए थे। बच्ची की आँखों में गहरा अँधेरा उतर आया था और नाक में तेज़ गंध बस गई थी। तेज़ गंध से वह छींकती थी, हलकान थी, चारों तरफ़ देखती, खोजती, पीछा करती। बच्ची बड़ी हो गई थी। बच्ची फिर से उसी कमरे में लौट आई थी, बीस साल बाद। कमरे में अँधेरा नहीं, ट्यूब की दूधिया रोशनी फैली हुई थी। लेकिन एक बार फिर से वही गंध, वही धुएँ की लकीर...

ओह, ये तो वही गंध है, अगरु की गंध। मिट्टी तेल की गंध। बचपन की गंध। इन सबने मिलकर बनाई मृत्यु-गंध।

एक परछाईं चमकी...सिर्फ़ बच्ची ने देखा—

तिलिस्म टूटने लगा तड़-तड़। धुँध छँटी हो जैसे। अँधेरा चटकने लगा था। पापा के साथ माँ के बढ़ते झगड़े की आवाज़ें गूँजने लगीं, एक अनजानी औरत पापा का हाथ पकड़े घर में घूम रही है, कुछ बोल रही है, माँ की तरफ़ इशारे करके, ''छोड़ कर चली क्यों नहीं जातीं तुम...जाओ...निकलो...यहाँ से...निकालो इसको, तभी हम इस घर में कदम रखेंगे, सुन रहे हो जी...''

''माँ...''

गुस्से में लाल भभूका हुए पापा के हाथ में जलती हुई कोई चीज़, उछाल दिया, दूसरी स्त्री परछाईं उकसाए जा रही है...''फूँक दो, अपने आप जल मर, तो हम क्या करें...हमने तो बचाने की पूरी कोशिश की, इस औरत को छोटी-बच्ची का भी ख़याल नहीं आया, बेचारी टुअर बच्ची...हे भगवान, बड़ी कठकरेज औरत थी...''

''नहीं...''

सपना तेज़ चीख मारकर बाहर की तरफ़ भागी और दरवाज़े से टकरा कर वहीं गिर पड़ी। सारी औरतें डर के मारे उठ गईं। सबने एक ही अनुमान लगाया कि पिता के दुख में ये हालत हुई। इस गंध से बहुत दूर भाग जाना चाहती थी। इस गंध से जीवन भर परेशान रही। तलाशती रही कि क्यों यह तीखी गंध उसे इतना आतंकित करती है। वह घर आकर मिली। एक औरत ने ज़मीन से उसे

उठा कर बिठाया। दूसरी औरत पानी लेकर आई। जबरन मुँह में पानी उड़ेलने लगी।

वह रो नहीं रही थी। उस गंध को पहचान गई थी। उस गोपन-रहस्य कथा को अब वह डि-कोड कर सकती थी। अपनी माँ के गायब होने और मृत्यु की झूठी कथा के रहस्य को खोल रही थी। वह केस सुलझा रही थी, लेकिन जानती थी कि जिरह नहीं कर पाएगी। किससे करे जिरह। कौन यकीन करेगा उसकी बहस पर, दलीलों पर, सबूतहीन दलीलें दम तोड़ देती हैं। इस केस की फ़ाइल हमेशा के लिए कल सुबह जला दी जाएगी।

उसकी आत्मा में अब गंध नहीं, एक जला हुआ संसार बसेगा।

127वाँ आदमी उर्फ़...

सड़क की एक तरफ़ ऊँचे-ऊँचे और आलीशान अपार्टमेंट्स थे तो दूसरी तरफ़ बेतरतीब बसी हुई अवैध बस्तियाँ थीं। उन बस्तियों में न जाने कितनी पीढ़ियों का विलाप भरा शोर व्याप्त था। यह मामूली सुख-सुविधाओं के लिए बिलबिलाती हुई आत्माओं का आर्द्र शोर था।

सड़क पर बड़ी-बड़ी चमकदार और लग्ज़री गाड़ियाँ सरपट दौड़ती हुई अपार्टमेंट्स की तरफ़ जाने वाली सड़कों पर आ-जा रही थीं और दूसरी तरफ़ टैम्पू और ऑटो रिक्शा थे जो ज़्यादातर उन लोअर क्लास बस्तियों के रास्ते मुड़ रहे थे! शेयर्ड ऑटो का कानफोड़ू शोर, नोएडा-आनंद विहार तक ले जाने वाले धुआँ छोड़ते ऑटो रिक्शा! सड़क के दोनों तरफ़ टूटे अरमानों और सपनों की दो मुख़्तलिफ़ दुनिया। इस दुनिया में घिसट-घिसट कर ज़िन्दगियाँ जीते लोग, ऐसे भी कुछ लोग थे जो आधे दिन सड़क के इस पार रहते और आधे दिन सड़क के उस पार रहते थे। वे लोग अपने घरों में कम रहते थे। इस दुर्गन्ध भरी अँधेरी दुनिया के लोग अपना सारा वक़्त सामने वाली लकदक और पुरनूर दुनिया को सजाने-संवारने और अपनी धुरी पर टिकाए रखने में खर्च करते थे और फ़क़त सुस्ताने की गरज से अपनी दुनिया में वापिस लौटते थे। उनकी दुनिया खुद उनके लिए ही एक सराय थी, जहाँ अपनी रातें काटने के बाद वे फिर सामने की दुनिया में लौट जाते थे। आखिर उनको उस बिखरी-बिगड़ी हुई दुनिया को फिर से करीने से संवारना होता था।

सीमा इन दोनों दुनियाओं के बीच तकरीबन खुद को घसीटती हुई चली जा रही है। सड़क पर भीड़ का कोलाहल है! हर तरफ़ गाड़ियाँ ही गाड़ियाँ गुज़र रही हैं लेकिन वह उनसे बेखबर है। उसकी अगल-बगल से नोएडा के मॉल में शाम की तफ़रीह या शॉपिंग के लिए कई कपल्स जा रहे हैं, कोई बाइक पर बैठा है तो कोई अपनी कार में! सीमा से उन जोड़ों के हाथ में हाथ डाले या

बाइक पर एक-दूसरे से टकराते हुए जिस्म देखे नहीं जाते। उनको एक-दूसरे से मुस्कुराते हुए बोलते-बतियाते हुए देखकर उसके मन में एक गहरी टीस सी उठती है। वह हिकारत से अपनी आँखें फेर लेती है। उन आँखों में उन दृश्यों को देखकर कोई क्रोध नहीं उभरता, बल्कि वितृष्णा, अपमान, तिरस्कार और आत्मदया की मिली-जुली भावनाएँ मन में आती हैं। हमेशा की तरह सीमा ने आज भी ढेर सारी शॉपिंग की है। उसका पसंदीदा मॉल आजकल जीपीआई है। उसे छोड़ कर उसे सब दूसरे मॉल डाउन मार्केट लगते हैं। जी.पी.आई. मॉल में घुसते ही वह खुद को भूल जाती है। मॉल की गहमागहमी और चकाचौंध उसे अपनी गिरफ़्त में ले लेती हैं। वह कभी मेकअप कराती है और अपना लुक पूरा का पूरा बदल लेती है, कभी कपड़ों की शॉपिंग तो कभी ग़ैरज़रूरी एसेसरीज़ की! तकरीबन रोज़ ही वह थैलों से लदी-फँदी अपने फ़्लैट में घुसती है। उसके लिए जीवन का मतलब या मक़सद यही है इन दिनों।

अपने अजीबोगरीब ख़यालों में और व्यर्थता-बोध में डूबी वह सड़क पर खुद को लगभग घसीटती हुई चली जा रही है।

तभी पीछे से आती एक गाड़ी के हॉर्न ने उसे चौंका दिया!

''अरे मैडम, ऐसे बीच में न चला करो! लग-वग गई तो भुगतना तो हमने है!'' कारवाला गुस्से में चिल्लाया!

सीमा को जैसे किसी ने झिंझोड़कर नींद से जगाया हो। उसने नज़र घुमा कर देखा। वह वाकई एक तरह से सड़क के बीचोबीच थी! उसके आगे-पीछे गाड़ियों की लाइनें थीं और उनके कर्कश हॉर्न की बेधने वाली चीखें! वह चौंक गयी थी। भारी-भारी थैलों का बोझ उठाए हुए वह सड़क के किनारे जा खड़ी हुई! खोड़ा कॉलोनी अब उससे कुछ मीटर और दूर हो गयी थी! वैसे भी वहाँ नुक्कड़ पर सस्ती जलेबियाँ खाने वाले लोअर क्लास के लोग होते हैं, जो उसे लोलुप नज़रों से घूरते रहते और लिप्सा की लार टपकाने लगते थे। सीमा ने खोड़ा कॉलोनी पर एक हिकारत की नज़र डाली और इंदिरापुरम के लिए ऑटो में सवार हो गई!

घर पहुँचते ही वह तसल्ली से एक गिलास पानी पियेगी, उसके बाद ही कोई दूसरा काम करेगी! लेकिन काम भी क्या करेगी! कभी-कभी तो सीमा को लगता है कि उसके पास अपनी ज़िन्दगी में रोने, शॉपिंग करने और खाने-पीने के अलावा कोई और काम है ही नहीं! उसका गला प्यास से सूख रहा था।

अपनी सोसाइटी की ऊँची बिल्डिंग्स को देखकर उसे तसल्ली हुई। जैसे ही वह इन बिल्डिंग्स को देखती थी, बचपन से अपने माथे पर चस्पा खोड़ा कॉलोनी का अदृश्य टैग खुद पर से हटा हुआ महसूस करती थी। उसे खोड़ा कॉलोनी का टैग बहुत नापसंद था। जब से वह बड़ी हुई थी, तब से उसने केवल अपने माथे से इस टैग को हटाना चाहा था। उस वक्त उसे रोहित पर बहुत सारा लाड़ उमड़ आया था! आखिर रोहित की ही वजह से तो वह खोड़ा कॉलोनी को बहुत पीछे छोड़ आने में कामयाब रही थी। लेकिन इस टैग हटाने की कितनी बड़ी कीमत चुकानी पड़ी है उसे, यह सिर्फ़ वही जानती है। उन बातों को सोचकर ही उसके रोंगटे खड़े हो जाते हैं। देह की रग-रग में एक दहशत-सी दौड़ जाती है, गोया, रोहित की दौलत और वैभव ने उसे खोड़ा कॉलोनी के टैग से मुक्ति तो दिला दी लेकिन उससे उसका वर्तमान और भविष्य छीन लिया था। पैसों के छल से, रुतबे के झूठ से और सुनहरे सपनों के फरेब से। फरेब भी कितनी दिलकश शय होती है!

आज उसके पास सपनों का संसार है...आज अगर वह रोशनी में आँखें खोलती है तो उन सपनों और दूधिया रोशनी का कारण उसका रोहित ही तो है। आज भी अपने लिए कितनी ढेर सारी शॉपिंग करके आई है! घर आते ही वह धम्म से सोफ़े पर पसर गयी। कीर्ति नगर से यह महँगा और लैदर का सोफ़ा रोहित ने उसके लिए ही मँगाया था। रोहित है ही ऐसा! उसकी छोटी से छोटी फ़रमाइशों को सर-माथे पर लेने वाला। बस कोई ख्वाहिश या कोई फ़रमाइश, उसकी जुबान से निकलने भर की देर थी कि रोहित उसे चुटकियों में पूरा कर देता था। आज इन महँगे सामानों और फ़र्नीचरों के बीच वह खुद भी किसी बेजान सामान की तरह दिखने लगी है।

पाँचवीं मंज़िल पर बने इस फ़्लैट में तीन तरफ़ से बालकनी है। सुबह-सुबह उठकर उसे उगते हुए सूरज को निहारना बहुत पसंद था, मगर आजकल तो वह दस बजे से पहले सो कर जगती ही नहीं है। जब तक वह सोकर उठती है, तब तक सूरज आसमान में एक लंबा फ़ासला तय कर चुका होता है और तकरीबन सिर पर चढ़ आने को होता है। तब उसे बरबस अम्मा की याद आती है। अम्मा की यादें उसके लिए कितनी कड़वी हैं!

''छी अम्मा! छी...छी!!''

उसने ठंडे पानी का पूरा गिलास हलक में उतार लिया।

फिर वह उठी और थोड़ी देर पहले ही जो मॉल से चीज़ें खरीद कर लाई थी ना, उन्हें उलट-पलट कर देखने लगी। महँगी-महँगी आर्टिफ़िशियल ज्वेलरी, एंटिक झुमके...और मीना बाज़ार से खरीदे गए महँगे और नए डिज़ाइनों के सूट—और भी कितनी छोटी-मोटी चीज़ें ! सब कुछ तो था उसके पास। घड़ी की सूई अपनी रफ़्तार से बढ़ रही है, धीरे-धीरे रात आएगी और अपने अकेलेपन और अन्धेरेपन की गिरफ़्त में उसे भी ले लेगी। फिर नशे के आलम में वह पलों को टटोलती है...शायद खुद को तलाश करने की कोशिश करती है ! वह अपने आपको भी नहीं मिलती। इसी चिढ़ में वह अपने घर में पड़े महँगे सामानों को कई बार तोड़ देती है ! सीमा भटकती है, अपने उस तीन कमरों वाले घर में वह अकेली इधर-उधर भटकती है, जैसे बेचैन रूहें भटका करती हैं। वह किसी पर छा जाना चाहती है...या, किसी को खुद पर छा देना चाहती है। वह किसी की देह की नर्म-गर्म लम्स खोजती है। और जब उसे वह स्पर्श और गंध हासिल नहीं होती तो देह के साथ-साथ मन में भी एक ऐंठन महसूस करती है। वह खुद को समेटना-सहेजना चाहती है और जब इस कवायद में नाकाम हो जाती है तो बिस्तर से उतरकर वह बाथरूम में दाख़िल हो जाती है, कई-कई घंटे शॉवर के नीचे खड़ी रहती है। पानी कि तेज़-ठंडी फुहार को देह की पोर-पोर में महसूस करना चाहती है। चाहती है कि मन का यह ताप कम हो जाए और देह के सूखे कंठ को पानी की एक घूँट मयस्सर हो मगर यह अकुलाहट...यह तिशनगी बढ़ती जाती है। ऐसा कई बार हुआ है कि बेहोशी की हालत में रोहित उसे बाथरूम से निकाल कर लाया है। सुबह जब वह ऑफ़िस जाता है तो उसके सिरहाने बेड-टी, ब्रेकफ़ास्ट और अपना क्रेडिट और डेबिट कार्ड रखकर जाता है।

वह एक खुमारी में बड़बड़ाती है, ''तुमने पहले क्यों नहीं बताया रोहित...यह छल क्यों किया...हम तो एक-दूसरे के लिए नहीं बने थे...!''

बदले में रोहित कोई जवाब नहीं देता। उसके पास कहने के लिए बचा भी क्या था ! बस एक बच्चे की तरह उसे बेड पर लिटा देता...दो बार उसके ललाट पर हथेली फेरता और फिर एक लिहाफ़ उसके ऊपर डाल देता। अक्सर वह अपनी निगाहें चुराता था। वह उसके उस चेहरे को नहीं देख पाती जहाँ रत्ती भर भी कोई अफ़सोस नहीं था, बल्कि विजेता होने का एक पाखंड भरा दर्प झलकता रहता था।

जिस रात से रोहित की असलियत उस पर खुली है, सीमा को उसकी

शक्ल से भी एक घृणा हो गई है। ज़रूरत भर बातचीत करते हुए भी उसकी तरफ़ से अपनी आँखें फेर लेती है। अलबत्ता फ़ोन पर ज़रूर थोड़ा सहज होकर बात कर लेती है। उसके भीतर बर्फ़ की मानिंद कहीं एक खामोशी जम रही थी, जिसका जमना भीतर-ही-भीतर जारी था और किसी को भी नहीं दिख रहा था। वह किसी से अपना दुख बतलाना भी नहीं चाहती थी। जैसे अपने ही ऊपर निर्लिप्तता की केंचुल डाल ली थी उसने। शाम को आस-पड़ोस से आती हुई मामूली आवाज़ें भी उसे परेशान करतीं। उसे रात के करीब होने का खौफ़ होने लगता था।

सीमा को ऐसा लगता कि उसके मन में बहुत ही गहरी गुफ़ाएँ हैं, और उन गुफ़ाओं के भीतर भी कई-कई और गुफ़ाएँ हैं। उसे अकेले ही उन अँधेरी गुफ़ाओं के भीतर भटकना है। उन्हीं गुफ़ाओं में से किसी एक गुफ़ा के सुदूर रोशन सिरे पर अम्मा खड़ी दिखाई देती है। अम्मा भरी जवानी में विधवा हो गयी थी। उस वक्त वे सभी खोड़ा कॉलोनी के एक दड़बेनुमा घर में रहते थे। अम्मा अनपढ़ पर बहुत खूबसूरत थी, लेकिन उससे भी ज्यादा खूबसूरती ऊपर वाले ने सीमा को बख्शी थी। अम्मा अक्सर कहा करती थी कि भगवान सब कुछ दे मगर गरीब की लड़की को ख़ूबसूरती न दे। उसके तंग से घर में उसके सारे सामान की ख़ूबसूरती एकदम से उसके सामने एक कालिख में बदल जाती। वह धीरे-धीरे उसी बचपन के दिनों में वापस चली जाती। छोटी-छोटी बातें अकस्मात याद आने लगतीं।

अम्मा ने बड़े जतन से पाई-पाई जोड़कर खोड़ा कॉलोनी में सौ गज़ का वह प्लॉट खरीदा था। तब किसी को इस बात का इल्हाम तक नहीं था कि अगले कुछ सालों के बाद ही सड़क के उस तरफ़ अमीरों की एक पॉश कॉलोनी बन जाएगी। नतीजतन सड़क के इस तरफ़ के प्लॉट्स पर भी प्रॉपर्टी डीलरों और ब्रोकरों की गिद्ध-दृष्टि पड़ जाएगी। सीमा को वह मनहूस दिन अब भी याद है जब बिल्डरों ने उसके प्लॉट पर भी जबरन कब्ज़ा कर लिया था। गरीबी की मारी अम्मा तो बेचारी खुद ही दूसरों के यहाँ झाड़ू-पोंछा और चौका-बरतन कर किसी तरह परिवार का बसर कर रही थी। उनके भाड़े के लठैतों से वह भला कैसे निबटती! वह बिल्डर के आगे खूब रोई-गिड़गिड़ाई, मिन्नतें कीं मगर उस पत्थरदिल बिल्डर का कलेजा रत्ती भर भी नहीं पसीजा।

जैसे-जैसे नोएडा और इंदिरापुरम का एक्स्टेंशन हो रहा था, वैसे-वैसे

खोड़ा गाँव में भी बिल्डर और प्रॉपर्टी डीलर कुकुरमुत्तों की तरह उग आए थे। वे लोग इलाके के छोटे-बड़े प्लॉटों पर कब्ज़ा जमा लेते थे और आखिरकार उसके मालिकों को अपना प्लॉट औने-पौने दामों पर बेचने के लिए मजबूर कर देते थे। लोकल पुलिस भी उन्हीं से मिली हुई थी और कोर्ट-कचहरी दौड़ने की उन गरीबों की हैसियत नहीं थी।

रोहित, अम्मा को उसी प्रॉपर्टी डीलर के ऑफ़िस में मिला था जिसके यहाँ वह रोज़-रोज़ अपने प्लॉट को बचाने की गुहार लेकर जाया करती थी। रोहित का पेशा भी प्रॉपर्टी डीलिंग का ही था और अपने इस धंधे में उसने जायज़-नाजायज़ तरीके से अच्छी-खासी दौलत कमाई थी। मासूम और भोला-भाला-सा क्लीन शेवेन चेहरा, थोड़ी पतली आवाज़, स्त्रैण चाल-ढाल और इतराती हुई भाव-भंगिमाओं वाले रोहित ने उस आड़े वक्त में न केवल उसकी अम्मा को सहारा दिया था बल्कि अपने गुर्गों को कह कर उस बिल्डर के गुंडों को उसके प्लॉट से मार भगाया था। उसके बाद भी रोहित, अम्मा का हर तरह से ख़याल रखने लगा था।

अपनी बेटी के दिल से अनजान अम्मा ने एक दिन उस सुदर्शन-छरहरे पुरुष को अपनी बेटी का हाथ सौंपने का ऐलान कर दिया। तब सीमा को खोड़ा गाँव के अपने पहले प्रेमी रोशनलाल की बेतरह याद आई थी! दोनों ने साथ-साथ ज़िन्दगी बसर करने के ख़्वाब देखे थे। लेकिन ज़िन्दगी से रोशनलाल की रुखसती के साथ ही उन तमाम ख़्वाबों ने भी अँधेरे में डूब कर दम तोड़ दिया था। उसे तो नसीब ने यह भी मोहलत नहीं दी कि वह अम्मा को रोशनलाल के बारे में बतला भी सकती। रोशनलाल भी निरा कायर ही निकला मानो किसी ने उसकी जुबान पर ताला जड़ दिया था। इन हालात में विरोध करती भी तो किसके सहारे करती। रोहित की दौलत और चमक-दमक वाली ज़िन्दगी ने अम्मा की आँखों को चुंधिया दिया, बल्कि वह तो रोहित के एहसानों की मुरीद बन चुकी थी।

हताशा में सीमा ने नींद की बीसियों गोलियाँ निगल ली थीं। अम्मा ने छाती पीट-पीट कर रोशनलाल की सात पुश्तों को कोसा। ऐसे नाजुक वक्त में फिर रोहित ही काम आया था। उसने जी-जान से सीमा की तिमारदारी की, उसके इलाज में पानी की तरह पैसे बहाए और सीमा को बिलकुल नॉर्मल स्थिति में घर वापस ले आया। उसने रात-दिन अस्पताल में गुज़ारे। अम्मा तो

अपने काम पर चली जाती और रोहित ने उसकी भरपाई की। वह उसके पास बैठा रहता—बिना थके-हारे और रुके। सीमा उसके एहसानों तले दब गई थी मगर दिल में कमबख़्त रोशनलाल की जो जगह थी, वह रोहित को कभी नहीं दे सकी। सुबक-सुबक कर रोती तो रोहित उसे ढाँढस बँधाता था। उसके नरम-मुलायम स्पर्श से उसे एक अद्भुत राहत मिलती थी। इसके बावजूद उसके साथ शादी के ख़याल भर से उसका दिल काँप उठता था। एक अनजान आदमी से कोई शादी कैसे कर ले! शादी के हसीन सपने देखे रोशनलाल के साथ और ज़िन्दगी की डोर किसी दूसरे आदमी के हाथ में पकड़ा दे!

लेकिन, अम्मा अपने फ़ैसले पर अटल थी।

एक अजनबी रोहित के साथ खोड़ा गाँव से निकलकर सीधे पॉश इंदिरापुरम के इस महँगे फ़्लैट में आ गई। कुछ दिन मौजमस्ती और रोहित की ऐश्वर्य से भरी दुनिया में डूबी रही...धीरे-धीरे उसके सामने सच खुलता गया वह पछाड़ें खाती रही।

कुछ दिन तक रोहित ने उसे छुआ तक नहीं। सीमा को यही लगा कि शायद वह गम में है इसलिए रोहित को उससे हमदर्दी है। दूसरी तरफ़ सीमा रोशनलाल को भूलकर नई ज़िन्दगी जीने के लिए खुद को तैयार करने में लगी थी। आखिर जो वैभव और सुविधाएँ रोहित ने उसे दी थीं, वह सब देने की रोशनलाल सपने में भी नहीं सोच सकता था। लेकिन सिर्फ़ वैभव कब बाँध पाया है किसी स्त्री के मन को! उस रात रोहित के पास खुद चलकर गई थी वह। अपने भीतर के संकोच और लज्जा से जूझते हुए और एक औरत के पहल करने के तमाम संभावित खतरों को भाँपते हुए। क्या पता था, ज़िन्दगी इस शक्ल में भी उसके इम्तहान लेने से बाज़ नहीं आएगी। उसे भी कहाँ अंदाज़ा था!

रोहित तो आधा-अधूरा चाँद था लिहाज़ा उसकी चाँदनी भी आधी-अधूरी थी और उसकी रातें भी आधी-अधूरी...! इसलिए तो वह अपने ही घर-परिवार और रिश्तेदारों से दूर इस फ़्लैट में गुमनाम-सा रहता है। सीमा को ताज्जुब भी हुआ कि अपने हाव-भाव से रोहित तो थोड़ा भी संदिग्ध नहीं दिखता था। कितनी होशियारी से उसने खुद को छुपाए रखा था। बहरहाल हकीकत यही थी लेकिन यह सवाल सीमा के जेहन में रह-रह कर उमड़-घुमड़ रहा था कि आखिर ऐसे इन्सान को शादी करके एक निरीह स्त्री की जिन्दगी तबाह करने

की क्या ज़रूरत थी। क्या अधिकार था उसे? उसने यह सवाल न जाने कितनी बार रोहित से किया था और जवाब में रोहित उसे अपना क्रेडिट कार्ड थमा कर बाहर निकल जाता।

इन्हीं सवालों से टकराती वह सोफ़े पर बैठी रही। किससे पूछती, रोहित का सच? पता भी किसे होता और पता भी होता तो उसे क्यों बतलाता!

उसने अपना मोबाइल देखा। एक ही नंबर से दस मिस्ड कॉल थे। कॉलबैक किया रोहित के जीजाजी की फूहड़ आवाज़ आई। भद्दी हँसी-हँस रहे थे। शादी की बधाई के बहाने ओछा हँसी-मज़ाक...

''अरे मैडम, कभी हमारी ज़रूरत पड़े तो कभी भी बेहिचक बुला लिया करिए...हम आखिर किस दिन काम आएँगे आपके!...रोहित ने हमसे रिश्ता तोड़ लिया तो क्या? अब तो आप आ गई हैं, औरतें ही रिश्तेदरियाँ निभाती हैं!...हम किसी दिन आएँगे...सुना है, आप रसपान का भी खूब शौक रखती हैं...बैठते हैं किसी शाम हम और आप...''

सीमा ने दाँत किटकिटाते हुए जुबान से खोड़ा गाँव टाइप गालियों की बारिश कर दी।

उधर से बेशर्म हँसी उभरी, ''मुझे गालियाँ देने से अच्छा उस आदमी को दो जो समाज के सामने सिर्फ़ अपनी मर्दानगी साबित करने के लिए तुम्हें ब्याह लाया है...यह जानते-समझते हुए भी कि उसके वश कुछ नहीं...काम हमीं ने आना है भाभी जी...''

सीमा के मन में एक गहरी टीस-सी उठी, मानो किसी ने उसके लब सिल दिए हों।

''आवाज़ दे लेना, जब जी करे। घर की बात है, घर ही में रहेगी। आप तो रोहित को छोड़ने से रहीं, सोचो जरा...कितनी सुख-सुविधा से लाद रखा है आपको...चाहोगी तो भी छोड़ पाओगी ये सब? सोच लो...ठंडे दिमाग से...कोई जल्दी नहीं है...''

सीमा ने फ़ोन काट कर बगल में हिकारत से फेंक दिया था।

काम?...क्या काम?...इतनी लाचार है या इतनी ज़रूरतमंद कि कोई उस पर रहम दिखाए! रिश्ते-नाते हैं कि किसी मंडी में बैठी है?

सीमा को याद आया, रोहित कैसे अम्मा के सामने बिछा-बिछा सा रहता था। घर भर के लिए महँगे-महँगे गिफ़्ट लाता था लेकिन निशाना तो दरअसल

सीमा थी उसका। कैसी विडंबना थी! अम्मा ने सीमा से छुटकारा पाया...और सीमा ने खोड़ा गाँव से। रोहित ने अपने कलंक से और ज़माने के तानों से। इस पूरे प्रकरण में सबकी अपनी-अपनी मुक्ति थी...अलग-अलग ही सही। अम्मा को छोड़कर सबके साथ मुक्ति अपनी-अपनी शर्तों पर आई थी। लेकिन सीमा ने इतनी बड़ी कीमत के बारे में कहाँ सोचा था! यह तो मुक्ति भी नहीं थी अलबत्ता क़ैद का नाम इसे ज़रूर दिया जा सकता था। ऐसी क़ैद जिससे कोई रिहाई नहीं थी। रिहाई लेकर करेगी भी क्या...कहाँ जाएगी? दुनिया के सारे दरवाज़े तो उसके लिए बंद हैं। इतनी भीड़ है दुनिया में जहाँ रोहित के जीजा जैसे लंपट कदम-कदम पर दाना डाले बैठे हैं। तो क्या उनसे डर कर मुक्ति के बारे में न सोचे? उसके दिमाग की नसें चटखने लगीं। सोचते-सोचते मानो माथा फट कर उसके टुकड़े हो जाएँगे।

बेचैनी में चहलकदमी करती हुई सीमा बालकनी में जाकर खड़ी हो गई। सोचा, 'सोचने-विचारने की इस जद्दोजहद से बाहर निकल आए।' बालकनी से आती ट्यूब की तेज़ रोशनी उसे चुभ रही थी। एक तरफ़ अखबार के ढेर पड़े थे। तेज़ हवा में अखबार के पन्ने फड़फड़ा रहे थे। उसने झुक कर अखबारों की तहें जमाने की कोशिश की। एक हिन्दी अखबार के दूसरे पन्ने पर बड़ी-सी हैडिंग पर अनायास उसकी नज़र पड़ गई।

स्वास्थ्य मंत्री का बयान था...बॉक्स में छपा हुआ।

''पति की नपुंसकता के बारे में सही-सही उसकी पत्नी ही बता सकती है।''

उसने अखबार उठा लिया और पूरी खबर को हाथों में फैलाए पढ़ने लगी—

''फलां इलाके में पुरुषों में तेज़ी से बढ़ती नपुंसकता के बारे में या तो डॉक्टर बता सकता है या फिर उसकी पत्नी। यह बता पाना सरकार के लिए संभव नहीं है कि कौन-सा व्यक्ति नपुंसक है या सामान्य है। कोई पुरुष भला कभी बताएगा कि वह नपुंसक है...? इस समस्या से निपटने या इसको रोकने के लिए प्रदेश सरकार के पास कोई कार्य-योजना तैयार नहीं है। महिला स्वास्थ्य शिविरों के माध्यम से नि:संतान दंपति का पता लगाया जाता है। फलां इलाके में इस परेशानी से जूझ रहे 126 व्यक्तियों को चिन्हित किया गया है...''

यह एक सनसनीखेज खबर थी। राज्य के स्वास्थ्य मंत्री का बयान होने

के कारण अनेक महिला कार्यकर्ताओं और संगठनों ने इस वक्तव्य की कड़ी निंदा की थी।

''127वें आदमी को तो मैं ही पहचानती हूँ,''...उसने मन-ही-मन जैसे प्रलाप किया।

लेकिन उस 127वें आदमी की पहचान ज़ाहिर होते ही सीमा के जीवन का सारा वैभव ध्वस्त हो जाएगा। भीतर से अपने ही सवाल का जवाब सुनाई पड़ा। वह सर से पाँव तक दहल उठी।

खबर पढ़ने के बाद उसने पन्ने को अखबारों के ढेर में दबा दिया।

ट्यूब की लाइट और तीखी लगने लगी थी और उसे चुभ रही थी। उसे अँधेरा चाहिए था जहाँ से रोशनी को देख सके। उसने लाइट ऑफ़ कर दी। बेसुध घुप्प अँधेरे में डूबे आकाश की तरफ़ देखा। वहाँ एक आधा चाँद देर से एक हरे-भरे दरख्त की झुरमुटों के बीच टँगा था। यह सीमा की ज़िन्दगी की रोज़ की तरह ही एक रात थी जिसे उसको ज़िन्दगी के इस क्रूर मज़ाक के सहारे बेहिश्त करना था। सुबह को अपने तय वक़्त पर ही आना था और वह सुबह तो उस रात की सुबह होती। सीमा की ज़िन्दगी की सुबह को तो पता नहीं कब निकलना था! उसने अपनी एक आँख में खोड़ा गाँव भरा, दूसरी आँख में इंदिरापुरम का यह खोखला ठाठ-बाट...। खोड़ा गाँव जो उसका अतीत था, उसके एक फ़ैसले से दोबारा उसका भविष्य हो सकता था। चयन करना उसका काम था। इस बर्फ़ के दरिया या अगिन-खोह में कोई एक...।

यह तीन अलग-अलग समयों में पसरी हुई एक ही ज़िन्दगी थी जो तीन अलग-अलग समयों के अन्तराल में बसी हुई थी। इस यक्षप्रश्न का उत्तर ढूँढ़ने के लिए भी समय की शरण में ही जाना पड़ता। समय के जख्म का मरहम भी समय ही होता है।

सीमा ने अपनी सोच के सारे दरवाज़े बंद कर दिए और भूत और भविष्य के दो ध्रुवों पर बर्फ़ की एक शाश्वत चादर डाल दी। आज की रात भी उसने इसी सुलगते और अनुत्तरित सवालों में होलिका की तरह दहकने के लिए अपने पैर बढ़ा दिए थे।

❏❏❏